噩耗

Bad News *Edward St Aubyn*

[英] 爱德华·圣奥宾 著

于睿寅 译

上海译文出版社

献给　迪伊

第一章

帕特里克装作已经入睡的模样，心里盼着旁边那个座位能一直空着。但没过多久，他就听到一只行李箱滑进了头顶的行李架上。他颇不情愿地睁开双眼，眼前站着一个身材高大的男人，长着一个朝天鼻。

“你好，我叫厄尔·哈默。”那人伸出手来向他问好。那只大手上长满雀斑，又盖着一层厚厚的汗毛，金黄色的。“我猜我应该是你此行的邻座旅伴了。”

“我叫帕特里克·梅尔罗斯。”帕特里克带着生硬的口吻答道，并握住了厄尔伸来的手。不过帕特里克的手又湿又凉，还微微打颤。

前一晚稍早些的时候，身在纽约的乔治·沃特福德给帕特里克打了一通电话。

“帕特里克，我亲爱的，”他的声音明显带着紧张感，听来有气无力，也因为连线横跨了大西洋，多少有点延时。“我怕是要把一条最糟糕的消息带给你了：令尊前天晚上，在他下榻的酒店房间里去世了。我没能第一时间联系到你和令堂——我估摸着她应该身在乍得，忙于‘拯救儿童基金会’的事务。但我此刻的悲痛心情是不言而喻的。令尊生前，我一直非常仰慕他，相信你也深知这一点。说来也巧，他去世当日，我们原本约在钥匙俱乐部共进午餐的。当然了，当天他并未现身。我还记得那会儿我心里暗自琢磨，这不像令尊的行事风格啊。这消息对你而言一定是沉重的打击。大家都喜欢他，你都知道，帕特里克。我把这消息告诉了俱乐部的几位成员，还有那儿的几个仆人，他们都对令尊的去世感到非常痛心。”

“他的遗体现在安放何处？”帕特里克操着冰冷的语气问。

“在弗兰克·E. 麦克唐纳殡仪馆，就在麦迪逊大道上。那边几乎每家有人去世都会送去这家殡仪馆，我相信那应该是相当不错的选择。”

帕特里克答应说，他搭乘的飞机一落地纽约，就立马给乔治打电话。

“很遗憾，是我把这条噩耗带给了你。”乔治接着说，“在如此困难的时刻，还需要你振作精神才是。”

“谢谢你打电话过来。”帕特里克答道，“我们明天见吧。”

“再见，亲爱的。”

帕特里克放下了手中刚冲洗干净的注射器，兀自坐在电话机旁，一动不动。这算是坏消息吗？或许他要鼓足所有勇气，才能强忍住走上街头、翩翩起舞、笑逐颜开的冲动。阳光透过那模糊斑驳、污渍黏结成浆块状的玻璃窗，照射进他的公寓里。屋外的恩尼斯莫花园里，悬铃树上的叶子，鲜艳得叫人睁不开眼。

他又突然纵身一跃，从身下的座椅上跳起。“这事儿你可没法逃避。”他喃喃自语，带着恶狠狠的口气。衬衫的一条袖子向上卷起，被他前臂上渗出的鲜血给浸湿了。

“帕蒂，你知道啊，”厄尔这么称呼他，全然不管其实从未有人管帕特里克叫“帕蒂”这一事实了。“我赚了老鼻子钱了，我估摸着现在是该给自己点时间，享受人生中一些绝妙的事情了。”

航程开启不过半小时时间，帕蒂已经成了厄尔的好哥们儿了。

“你很理性啊。”帕特里克气喘吁吁地说。

“我在蒙特卡洛的海滩边租了一套房子，在山林里头，前面就是摩纳哥。那房子可真漂亮啊。”厄尔边说，边带着不相信的神情摇起了脑袋。“我雇了一个英国管家，他能告诉我穿啥样的运动夹克才合适——你能相信吗？闲暇的时间，都够我把一份《华尔街时报》从头读到尾的了。”

“这种自由，真是令人心驰神往。”帕特里克说。

“真是棒极了。眼下我正巧在读一本相当有趣的书，书名叫《大趋势》。另外还有一本关于中国古代兵法的典籍。你对战争有那么一丁点兴趣不？”

“不算非常热衷。”帕特里克说。

“我个人可能带些倾向性吧：因为我曾经在越南待过。”厄尔说着，目光透过机舱那狭小的窗户，直盯着远方的地平线。

“你喜欢那里吗？”

“对啊，当然啦。”厄尔面露笑意。

“就没有什么让你不爽的地方吗？”

“我告诉你啊，帕蒂，在越南唯一让我不爽的地方，就得说是目标限制了。驾驶飞机从他们的港口上方飞过，看见下面有坦克在运送石油，明明知道他们是越共的人，但就是没法实施空中打击——那是我这辈子里面，最叫人沮丧的经历之一了。”厄尔说罢摇了摇头。甭管他说什么，他似乎总能被这个话题带入一个持久的惊愕状态。

帕特里克转身面朝过道坐着，突然被一种声音给袭击了。那是他父亲演奏的音乐，就像玻璃打碎的声响，清晰，脆亮。但是这次听觉上的幻觉很快就烟消云散了，因为他邻座这位精力实在是太充沛了。

“帕蒂，圣特罗佩那边有家塔希提俱乐部，你去过吗？那地方真的是棒呆了！我认识他们家好几个舞娘。”说到这儿，他的声音突然降了半个八度，这样比较方便男人之间聊那话题。“我跟你说啊，”他一脸神秘，“我可**喜欢**干那事儿了，老天啊，真是爱死了。”他几乎叫了起来，“但光有美丽的肉体是远远不够的，你懂我啥意思吧？你得有**精神的火花**才行啊！那时候我正在干两个舞娘呢：那俩都是很**绝妙的**尤物啊，身材火辣，长得也正点，但我就是感觉不得劲。你知道为啥吗？”

“因为你们精神上没有擦出火花啊。”帕特里克说。

“你说得对！精神上一点火花也没有。”厄尔说。

他跟黛比之间，可能也缺一点精神上的火花吧。就在昨晚，他打电话给黛比说，他爸爸没了。

“哦，天哪，真是太可怕了。”黛比结结巴巴地说，“我现在就直接过来吧。”

从黛比的声音里，帕特里克都能听出她神经紧绷的感觉。

说得更准确些，那是种与生俱来的焦虑感。尴尬，那是黛比这辈子感受最强烈的情绪；你只要瞧见她爹妈那样，也就不难理解了。黛比的父亲叫彼得·希克曼，是个澳大利亚画家，以无趣闻名于世。帕特里克有次听他介绍一段逸闻趣事时，用的是这样的表述：“这让我想起了一则关于法式海鲜汤的最佳故事。”半个小时之后，帕特里克只能安慰自己说还好，至少不用听他讲关于法式海鲜汤排名第二的最佳故事了。

黛比的母亲因为长期饱受精神疾病的困扰，一举一动像极了装着电池的竹节虫玩具。彼得讲那个法式海鲜汤的故事时，她就站在丈夫身旁，倒是挺想跟人打交道的，但受限于自身真的是做不到啊。黛比他妈是个有点名气的派对策划师，但要不是蠢到一定程度的话，估计连她自己也不会采纳自己的建议。任何人类，只要一被带进她画室中那块没有空气流通的区域，那她为任何娱乐活动所做的精巧、完善的设计，都会瞬间化作尘埃。那感觉就像是一个登山家在大本营里快窒息身亡了，她还要把登山靴传给黛比，好让她把那份令人敬畏的责任传承下去：继续攀登啊。尽管帕特里克抱着走一步算一步的人生态度，那惨白的面相看着也不像个好人，但希克曼太太还是愿意原谅这一切。当然，她主要是考虑到帕特里克一年的收入有十万英镑，而且他出身的家族自打诺曼征服以来，就随胜利一方在英国扎根了——即便这几个世纪里都碌碌无为，也没啥关系。虽然并不完美，但肯定算是门当户对。说到底，那年帕特里克也才二十二岁嘛。

与此同时，彼得继续用各种逸闻趣事编织出生活的模样。从他女儿生活中的一件又一件大事情，到那家旅行家俱乐部里，很快就被扫荡一空的酒吧。说到旅行家俱乐部，经过了长达四十年的强烈反对之后，他终于在俱乐部式微之时被选举为正式会员。自那之后，所有会员都受他的讲话鼓舞而心生蓬荜生辉之感，并为此前的决定而深感痛苦悔恨。

帕特里克并不赞成黛比在此刻过来看望他，拒绝之后，他独自出门在海德公园里踱步，泪水灼得他双眼生疼。那天晚上的天气炎热、干燥，空气中满是花粉和尘土。汗水从他的肋部汩汩流下，也从额头上冒了出来。九曲湖正上方，一小卷云朵遇到太阳就融化了，而太阳在落山的过程中，也被污染的空气挫伤，仿佛变得肿胀、充血。波光粼粼的湖面上，蓝黄两色的游船乘着浪头忽上忽下。帕特里克在一旁站定，眼见一辆警车从船坞后面的一条小路上迅速驶过。他郑重发誓，说自己再也不碰海洛因了。这是他人生中最重要的时刻，他必须保证不出差错。必须保证不出差错。

帕特里克点上了一根土耳其香烟，让女招待端上第二杯白兰地。不嗑药之后，他已经感觉神经有些跳跃了。他从凯伊那里顺走了四片安定，吞了之后他才得以端坐在早餐桌前。但现在，他又能感觉到毒品在朝他招手了，就好像胃里装着一窝子落在水里快要窒息的小猫一样。

凯伊是个美国姑娘，帕特里克和她有过一段韵事。就在昨晚，他曾想把自己埋进一个女人的身体里，就为了确认自己还活着，而不是像他爸那样，死了。所以他选择去看凯伊。黛比也很漂亮（认识她的人都这么说），也很聪明（她自己这么说），但是帕特里克一想到她跟一双筷子那样，焦躁不安地绕着房间噔噔走的模样，他就觉得自己需要一个更加温柔的拥抱。

凯伊住在牛津近郊的一间公寓里，租的房子。她在那屋子里拉拉小提琴、日常吸猫，再就是写她研究卡夫卡的论文。比起帕特里克认识的所有其他人，凯伊对于帕特里克混日子的人生态度，可能是最不满意的一个。“你总得让人家接受你吧。”她曾这样对帕特里克说，“能不能跟那些破事儿做个了断了？”

凯伊那间公寓里就没有一件帕特里克喜欢的东西。他知道，凯伊没把胖天使小金人像靠着威廉·莫里斯式的墙纸放；

但是话说回来，她也没把那东西摘下来不是么。在幽暗的走廊里，凯伊走上前来迎接他。她那一头浓密的棕色长发耷拉在一侧肩上，身上就披着件笨重的灰色丝衣。凯伊慢慢地亲吻了帕特里克，她养的那几只猫急红了眼，爪子在厨房的门上挠上挠下。

帕特里克喝过了威士忌，又吃下了凯伊给他的安定。凯伊给他讲述起了自己病重的父母。“爹妈把你照顾得还不够糟吗，但是还没等你来得及克服那种恐惧，你就得用同样糟糕的方式照顾他们咯。”她说，“去年夏天，我不得不开车载我爸妈穿过了整个美国。我爸得了肺气肿，就快要断气了。我妈原先是多泼辣一女人啊，中风之后也跟个小孩似的了。我沿着八十号公路一路飞奔，穿过犹他州，就为能找一瓶氧气。我妈在一旁用她极度贫乏的词汇反反复复说，‘哦亲爱的，哦我的天啊，你爸病了啊，哦我的天啊。’”

帕特里克想象着那一幕。凯伊的父亲瘫坐在汽车后座上，看起来精疲力竭，目光呆滞；他的那双肺就像被扯得破烂的渔网，想要网住空气，却只是徒劳。他自己的父亲是什么原因去世的？他刚都忘了问了。

自从他就“精神上的火花”发表了洞若观火的高见后，厄尔就开始介绍他的“整体多元控股”，还有他对家人的深爱。用他的话说，离婚这件事一度“让孩子挺难接受的”，但是又用一声轻笑结束了对话：“我一直在尝试多元化发展，这话不光局限于生意层面哦。”

能搭乘协和式飞机，帕特里克还是挺庆幸的。他父亲的遗体第二天就要火化了，在那之前他还要见最后一面；在那么遭罪的事情之前，他至少还能在长途飞行后保持神清气爽。更别提，还能跟厄尔你来我往聊这一整路了。这是多好的一个营销点啊。他脑子里蹦出了一句皮笑肉不笑的画外音：“我们希望本航班不仅能让您坐得舒心，还能带来精神上的享受。因此，我们提供了与厄尔·哈默这样有趣的人对话的机会，让你感觉飞行不再漫长。”

“你看啊，帕蒂，”厄尔说，“我可是给共和党做出过非常重——我是想说非常**大**——的贡献的，所以只要我愿意，去随便哪个国家做个大使都没问题。但我对伦敦、巴黎啥的都没兴趣：净是跟人打交道的狗屁事儿。”

帕特里克一口闷了杯子里的白兰地。

“我比较想去拉美或者中美洲的哪个小国家，在那儿啊，大使都可以管着中央情报局派驻当地的工作人员。”

“派驻当地。”帕特里克应和了一下。

“没错。”厄尔说，“但是现在有件事让我左右为难，相当难解决。”他又恢复了庄严的神色，“我闺女想努把力进入女排国家队，要是进了，明年有一连串的重要比赛要打呢。见了鬼了，我到底是应该去哪儿当个大使呢，还是为了我闺女留下来呢？”

“厄尔，”帕特里克挺真诚地回答他，“我觉得你还是做个好爸爸吧，其他事情都不重要了。”

看得出来，厄尔被他说动了。“很感谢你的建议，帕蒂，真的很感谢。”

飞机就快落地了，厄尔评价说搭乘协和式飞机总能遇上“高素质”的乘客。到了机场航站楼，厄尔朝美国公民专用通道走去，而帕特里克则要走“外国人”通道。

“再见了，朋友。”厄尔用力挥手向他告别，“希望很快又能见面！”

帕特里克却压着嗓子发出低声的咆哮：“每次告别，都是死去一点点。”[1]

---

1 语出美国著名推理小说家雷蒙德·钱德勒（Raymond Chandler，1888—1959）的代表作《漫长的告别》。

第二章

“您此行的目的是什么，先生？是公务还是度假？”

“都不是。”

“您说什么？”问他话的是一位戴着大框眼镜、穿一身深蓝色制服的短发女士，梨形身材，面色慵懒。

“我来这儿是为了替我父亲收尸的。”帕特里克嘟囔着。

“对不起，先生，我可能是没听清您说的。”她官方的语气中透着点恼怒。

“我来这儿是为了替我父亲收尸的！”帕特里克放慢语调，吼了出来。

她把他的护照递了回去。“祝您过得愉快。”

在入境检验处被激发的这团怒火，冲淡了他过海关时习惯性油然而生的恐惧感。（要是海关工作人员把他衣服扒下来怎么办？要是布满针眼的胳膊被他们看到了怎么办？）

于是又一次，他瘫倒在出租车的后座上。那座椅经常用黑胶布补得东一块西一块，但总免不了有口子裂开、塌陷成坑、露出星星点点的黄色泡沫。他此刻回到的这个国家，正在通过节食期盼获得永生，而他本人却仍在通过节食，走向另一个截然相反的结局。

搭乘着出租车一路颠簸，沿着高速公路呼啸而过之时，帕特里克虽然有些不情愿，但也只得开始寄情于重回纽约的心绪之中。当然，他又碰上了一个不会说英语的司机，而他那张惨兮兮的证件照，便不难想见那份扫他一眼后脑勺，就可以体会到的令人绝望的阴郁。一旁的车道上，无非是奢华与腐朽的常规组合，令观者生厌。成群结队的破旧轿车，引擎发出慵懒的轰鸣声，掺杂在黑色窗户的豪车之中，一窝蜂似的涌进城里，就像成群的苍蝇俯身于它们钟爱的食物之上。帕特里克的目光，又盯上了一辆老旧的白色旅行车，那已经凹损的轮毂罩上。他陷入了回想，曾经见过了那么多，能记住的却寥寥无几，就像一个聪明伶俐的健忘症患者，翻卷于成千上万叫人晕眩的图像之中，却又在一瞬间将它们全部弃之——在一片更加苍白、更加宽阔的苍穹之下，将那本就空虚的生活消磨殆尽。

之前一晚困扰着他的迷思，如今又适时地切入了他的恍惚。真是忍无可忍：他父亲又一次欺骗了他。帕特里克本想将自己幼时的恐惧和不情愿的倾慕一道，倾注到这个令人生厌、牙齿掉光的老头子身上，转化为一种带着轻蔑的怜悯，但他父亲把这种可能性都剥夺了。然而帕特里克还发现，自己被一种更强的模仿习惯所吸引，距离他父亲的死亡越来越近。这种习惯是如此强烈，以至于他在理性范围内都无法承受。当然了，死亡永远都是一种诱惑，但现在它更像是一种需要他屈从的诱惑。以其最鼎盛的力量，死亡甚至可以在青春那场无尽的歌舞杂耍中，以一种颓废的、不羁的姿态亮相。死亡有一种熟悉的魅惑，关乎原始的暴力和自我毁灭，当这种魅惑发挥到极致，它会呈现出其遵从的一面，就好像经营家族生意一样。说真的，它涵盖了所有的选项。

沿着高速驶过的这一路，眼瞧着一亩又一亩立满墓碑的田地飞速掠过，帕特里克想起了他最爱的那几行诗："死去了，早已死去，/早已死去！"（这怎么可能踩对节奏啊？）"我的心是一把尘土，/车轮从我的头顶驶过，/我的骨头正因痛苦而震颤，/因为它们就要被推进一处浅浅的墓中，/只比街市的土地深了一码的距离。"[1]这些东西，这些东西，"足以把一个人逼疯了。"

构架起威廉斯堡大桥的那些滑腻腻、隆隆响的金属片儿，

1 节选自英国诗人阿尔弗雷德·丁尼生（Alfred Tennyson，1809—1892）的独白诗《莫德》。

唤醒了他对周遭的注意力，但这注意力并不能保持多久。他觉得恶心反胃，又坐卧不安。又要在外国酒店的一间客房里给自己来一发了，他知道这是常规套路。但唯一不同的是，他明白这是他最后一次这样做了；或者说，是最后几次中的一次。他紧张地笑出了声。不行，他才不能被那帮狗杂种擒住呢。要像火焰发射器一样集中火力！一个俘虏也不留！

他老是想要海洛因，这是最让他烦恼的事儿。那感觉就像是房间着火时，腿脚不灵的残障人士想要拼命挣脱轮椅一样。如果你对于某样东西想得如此迫切，那你最好还是拿下它吧。帕特里克的右腿一上一下频率颇快地抖动起来。他双手交叉摆放在肚子上面，又把大衣领子整个都揭了下来。“滚他妈去吧！”他大声叫唤起来，“现在就滚！”

现在驶入了漂亮的街道了。一个街区连着另一个，尽是光与影的投射。车子一路开到这条大街的尽头，都没遇上一个红灯。旁边好像有个节拍器来回滴答作响似的，而光与影就这样汹涌地穿越了地表的弧线。

时间已经是五月下旬了，天气炎热，他真的应该把外套脱下来了。但要是不穿这大衣，路上行人漫不经心地朝他的衣服里撒玻璃碎片怎么办？更不用提商店橱窗玻璃可能像放慢动作那样爆炸，地铁车厢可能发出那种让全身骨头都震颤的雷鸣，每一秒的流逝都让人心碎，就好像他身体这个大沙漏里面，有一粒沙子穿过通道流到另一头去了。不行，他可不能把大衣给脱了。你见过让一只龙虾自己剥光光的吗？

他抬头望去，发现已经到了第六大道了。四十二街、四十三街，在密斯·凡·德·罗[1]后面一排。这话是谁说的？他记不得了。别人说过的话从他脑子里浮游而过，就像是《他们来自外太空》[2]开片的第一个镜头，一株风滚草穿越过狂风大作的沙漠。

再说说那些寄生在他躯壳之中的角色呢？就好像他是一间便宜的小旅馆似的。这些旅客包括加布·奥康纳的礼物和胖先生，还有盖辛顿夫人，还有其他那些人，他们都盼着能把宿主本人推到一旁去，为自己赢得话语权。有的时候，他感觉自己像是一台电视机，总有人拿着遥控器飞快地切换着频道，一副不耐烦的模样。罢了，他们也可以滚他妈的蛋了。这一回，他马上就要悄无声息地变得支离破碎了。

车子朝着皮埃尔酒店越开越近了。那是一片满是静态电击的土地。每一处门把手、电梯间的每一个按钮，都能把火花溅

---

1 密斯·凡·德·罗（Mies van der Rohe, 1886—1969），活跃于 20 世纪的德国建筑师，在建筑设计哲学上，他坚持“少就是多”的理念，在处理手法上主张流动空间的新概念。

2 由汤姆·麦克拉夫林出品的一部美国科幻喜剧连续剧，于 1990 年到 1991 年间播出了一季，共 20 集。

到一个人的肉体上。这肉体一路踏过了不知多少英里长的厚重地毯，却最终忘了把自己埋进土里。他上一回来到纽约时，就是从这家酒店开始那一段精神错乱的堕落之旅的。在他住的那个套间里，你能接受有多少中国艺术风格的家具，里面就有多少。楼底下是车流的震天声响，房间却远在高处，透过窗子正好能望见中央公园。原本以为切尔西酒店破破烂烂的样儿已经丢人丢到国外了，谁晓得住宿档次还能降下去，最后落脚在一间只有棺材大小的房间里。这酒店位于第八大道上， C 区和 D 区之间，一个被垃圾塞满的筒井底下。基于这些“优势”，他回想起几个礼拜前下榻的另一家酒店，居然心生些怀旧的念想。虽然那会儿，他还因为在冰箱里发现一只老鼠而对那家酒店嫌弃万分呢。

然而，虽然住宿的标准在一降再降，但帕特里克每周为海洛因和可卡因撒的银子，绝不可能低于五千美元。买来的毒品里，有百分之九十是自己享用的，其余百分之十留给娜塔莎。帕特里克跟这女的姘居了半年时间，但娜塔莎于他而言始终像一个顽固无解的谜团。唯一能确信的一件事是，她总能把他惹毛了。不过话说回来了，谁没把他惹毛过呢？他自始至终都在追求一种不受外界污染的独居状态，但是每等他如愿的时候，又迫不及待想要结束这种状态。

“酒店到了。”司机对他说。

“还真他妈准时。”帕特里克嘟囔了一句。

门童穿着灰色的外套，微微举起帽子示意，然后伸出手来，这时有个行李员急急忙忙跑出来，一把接过帕特里克的包裹。在“欢迎光临”的问候，给完两个人小费之后，帕特里克又满头大汗，昂首阔步地走过长长的走廊，通向那一头的前台。椭圆形办公室的桌子旁都坐满了一对对正在进午餐的妇女，手里把玩着盘子，盘子里装着五颜六色的生菜叶子，而对面前玻璃杯的矿泉水看也不看一眼。帕特里克对着一面边上镶金的大镜子，照了照自己的样子，发现跟往常一样，身上衣服厚得几乎不合时宜，而且又是一副病恹恹的模样。他身上衣服一层一层码得用心而精致，但那张脸却故作一副轻松的模样，仿佛下一秒就要塌了。这份用心和那副轻松形成的反差，叫人心神不安。那身长得不一般的黑色大衣，深蓝色的礼服套装，还有浅黑和银色相间的领带（这是他父亲六十岁出头的时候买的），配上那头乱蓬蓬的棕色头发，以及头发底下那张死白死白、油光可鉴的面孔，显得很不着调。就光说这张脸，也正在经历一阵自相矛盾的抽搐。他把双唇朝嘴里面抿紧，双眼眯成两条细缝，鼻子没有哪一刻是不堵的，强迫他只能张着嘴才能呼吸。这让他看起来有点像个智障。稍一皱眉，整个前额就缩成了一道水平的褶皱，正好位于鼻子的正上方。

前台登记完之后，帕特里克就做好准备要尽快甩掉那俩戴着长手套，向他喊欢迎光临，问他要小费的家伙，不然他怎么在房间里喝一杯啊？有人领他去电梯间，有人领他坐着电梯去楼上（眼睁睁瞧着显示楼层的数字一直跳到三十九，真是又臭又长的等待），有人为他演示怎么开电视，有人帮他把行李箱放上搁物架，有人指给他看卫生间电灯开关在哪儿，有人把房门钥匙递给他，还有，终于到最后一项了，有人给他拿来一瓶杰克·丹尼，还有一个黑桶，里面装着都快化成水了的冰块，还有四个玻璃杯。

他给自己灌下了满满一杯酒，杯子里放了几块冰。波旁酒的气味与他的味觉碰撞，那种精致中带着痛楚的感觉被无限放大；他囫囵饮下第一杯，口中还带着灼烧的痛感，然后兀自站在窗边，俯视着窗外的中央公园，在一片更加苍白、更加宽阔的苍穹之下，显得葱郁、炎热，他几乎想哭出来了。这场景太他妈美了。他能感觉到自己的悲伤和疲惫，与波旁酒入口时那瞬间溶解、又略带伤感的触觉交融于一处。这一刻，他被一种毁灭性的魔法所击中。他怎么可能指望自己放弃毒品呢？这些玩意儿让他的身体充满了强烈的情感。不得不说，吸毒后他被赋予的权力感非常真实带感（就好像躺在被罩下面就能统治全世界，直到送奶工找上门来，你还以为那是一个排的突击士兵，不光来抢你的毒品，还要打得你脑浆飞溅在墙面上）。但也就在那一刻，他觉得生命也是如此真实带感。

现在他真的应该起身去殡仪馆了。如果错过和父亲遗体再见一面的机会，那真有点大逆不道了（不过他或许会跷起一只脚搭在遗体上）。帕特里克咯咯笑着，把喝空的酒杯放在窗台上。他不准备再吸半点海洛因了。“我想要绝对清楚地表述一下。”他学着中学时代教化学的穆菲特老先生，拖着长长的声调。挺直腰杆，这是他的人生哲学，**但先得给他弄点镇定剂再说**。没有谁能够一劳永逸地抛弃所有，尤其是（嘤嘤嘤）在这样的时刻。他只好下楼走进那使人血脉贲张、野蛮生长，又形貌巨大的植物群，也就是中央公园，去淘点好货色来。公园入口正对着他下榻的酒店，那儿的老黑和老墨毒贩子咯咯笑着，离着帕特里克还有一段距离呢，就认定他可能是个潜在客户。

“安非他命！镇定剂！瞧一瞧咯！”一个面带淤青的高个儿黑人冲帕特里克喊道。他自顾自接着走。

一个双颊瘦削、胡子稀疏的老墨，恨不能把下巴伸长凑过来，冲着他说：“整点儿夜宵吗，哥们儿？”

“我可有好嗷——嗷东西，”又一个戴着遮阳镜的黑人冲他说，“自己瞅瞅。”

“你手头有安眠酮吗？”帕特里克拖长调子，慢吞吞地说。

“当然了，安眠酮正好有。我这里有‘柠檬714’[1]，你要几个？”

“怎么卖？”

“五美元一粒。”

“给我来六粒。要不再来点‘快快’吧，”帕特里克又补了句。这就是他们所说的“冲动消费”啊。“快快”是他最不喜欢的玩意儿，但是他实在是不喜欢自己买毒品，但是他又没有足够的力量来抵抗毒品的诱惑。

“我这儿还有很多靓货啊，都是有——配——方——哒！”

“你意思是你自家作坊做的？”

“不是的，年轻人，‘有配方’的意思是这些都是贼——好的东西啊。”

“那给我来三粒。”

“一粒十美元。”

帕特里克递过去六十美元，拿走了那些药片。就趁着那会

---

1 一种安眠酮类药片，因其本名的拼写“Lemmon”和英文中的柠檬“lemon”相近，故而毒贩和吸毒者常将其称之为“柠檬”。

儿，又有好几个毒贩子聚拢在帕特里克身边，他掏钱时那副眼都不眨的神色，在他们看来还是很有吸引力的。

“内（你）是英国人，对不？”一个老墨问。

“别缠着这人了。”戴遮阳镜那位说。

“我是。”帕特里克答道，也料到后面接着会问什么了。

“你们那儿是有不要钱的海洛因的，对吧？”那个面带淤青的黑人问起来。

“没错啊。”帕特里克的语气中透着一丝爱国的情绪。

“等哪一天我也打算去趟英国，免费搞一点那些玩意儿过来。”面带淤青的黑人接着说，面露几秒钟如释重负的表情。

“那就这么办吧，”帕特里克说着，又朝着通向第五大道的台阶走回去了，“现在拜拜吧。”

“你明天还要来这里哦。”戴遮阳镜那位显得占有欲很强。

“没问题。”帕特里克含糊一声，然后跑上了台阶。他把那片安眠酮放进嘴里，强挤出一小口唾液，使把劲儿才终于把药片咽下去了。不喝水就能把药片给吞下去，这可是一项关键技能。要靠喝水才能吃药的人真是不能忍，他心想着，边扬招了一辆出租车。

“去麦迪逊大道和八十二街的路口。”他说话的时候，才意识到那片安眠酮被半路卡在喉咙里了，毕竟那也是一片不小的药片啊。出租车加速驶向了麦迪逊大道，帕特里克试了好几个不同的角度，把脖子来回扭动几下，好让药片落进肚子里面。

等到帕特里克到达弗兰克·E. 麦克唐纳殡仪馆的时候，他像只仙鹤似的把脖子朝后面、朝边上伸得老长，已经越过了座位的边界，整个人都快被扯坏了。为了竭尽全力从自己干涩的双颊挤出些口水来，然后猛地一下吞进去，他的头发几乎都要碰到身前地上黑色的橡胶垫子了。司机朝着后视镜看了他一眼。又是个怪咖。

那片安眠酮终于还是卡在了帕特里克喉结的凸出位置，然后他步行穿过殡仪馆那扇高大的橡木门，恐惧和荒唐两种感觉仿佛在他身子里打起架来。弧形的橡木柜台，内板两侧都放置着多利安式的半身柱。柜台后面站着个年轻的女招待，穿着灰色的丝质衬衫，外面套一件黑色的夹克，那感觉就像飞往来生的航班上站着的空姐。

“我是来看戴维·梅尔罗斯的遗体的。”帕特里克冷冷地说。她告诉帕特里克说，径直走进电梯，然后“直接往上”开到三楼就行了。那口气，就好像担心帕特里克会受不起诱惑半路停下，转而去看看别人的遗体呢。

电梯里每一处都像是向法式壁毯制造工艺致敬。皮革质地的长凳上安装有按钮，让那些遭受不幸的可怜人在见他们至亲的遗体最后一面前，还能坐着缓一缓。在那长凳的上方，是一面描绘阿卡狄亚的针织挂毯。画面上一个假装是牧羊人的侍臣，正在朝另一个假装是牧羊女的侍臣吹起笛子。

终于来了，这个重要的时刻：这是他一生之敌的遗体，这是创造了他的人唯一残存之物，这是他死去父亲的尸体。那些没说的永远都不会说出的话，最终只剩下全部这些分量。现在说出来，即便没有任何人听见，他也会感到压力。若以他父亲之名说出来，这种人格分裂的举动可能会把世界割得四分五裂，把他的遗体变成一具七巧板。 **这一刻终于还是来了。**

电梯门滑动打开的声响，就好像是在欢迎帕特里克的到来，让他怀疑乔治是不是组织了一场惊喜派对。但是这个念头太荒唐可笑了，考虑到要从**全世界范围内**抓来超过六个在对他父亲知根知底的前提下，还喜欢他的人，这事儿本身就有难度。他踏出电梯，走进楼层，透过两根科林斯式的柱子，看到一个装有镶板的房间，里面都是陌生的长者，穿得披红戴绿的。男人们穿着各式各样轻便的格子呢衣服，女人戴着宽大的、黄白相间的帽子。他们一边品着鸡尾酒，一边攥着彼此的胳膊。帕特里克根本看不出状况，于是走进了房间的深处，看到一口没有盖上的棺材斜放着，里面衬着白色的缎面。棺材里装的那位身材矮小，身上的衣物倒是整理得一丝不乱。他戴着一枚镶钻石的领带别针，满头银发，身穿一件黑色西装。棺材旁边的一张桌子上，帕特里克看到一沓卡片堆叠着，上面写着“深切怀念赫尔曼·纽顿先生。”死亡定是一种能将你一切击垮的体验，但它也许比帕特里克所料想的还要强大。因为它居然把他父亲变成了一个小个子的犹太人，还配上了那么多滑稽的新朋友。

帕特里克突然听见砰的一声的动响。他兜了一圈，又火速回到了电梯里。按下通话按钮的瞬间，他还被静电电了一下。“我他妈的真的不敢相信。”他边怒吼，边用脚踢着旁边路易十四风格的座椅。电梯门打开了，外面站着一个面色灰沉、肌肉下垂的老头子，下身穿一条特夸张的百慕大短裤，上身是一件黄色T恤。赫尔曼在遗嘱里肯定是讲明了不要举行任何追悼仪式。帕特里克心想，另一种可能是，大家看到他死了都挺高兴的？老头身边站着他的老伴，邋里邋遢的，也是一身海滩度假的打扮。站在她身边的，是刚才楼下那个前台女招待。

“你们他妈的搞错人了吧。”帕特里克怒目圆瞪对她吼起来。

“哦，吼，别这样。”那胖子的口气，就好像帕特里克是在小题大做一样。

“重新告诉我一遍。”帕特里克理都不理那对蹒跚着走开的老夫妻，又对女招待说。

他瞅她的那眼神，每一道目光都好像脚手架一样沉重，穿过他俩之间的空间放射过来，将放射性物质一股脑儿倒进她的脑子里，定为一个“化你为无物，要你死就死”的怒视。但是她看起来依旧泰然自若。

“我可以肯定地告诉您，现在整个大楼里就这么一场派对。”她说。

“我不想参加什么派对。”帕特里克说，“我想要见我父亲。”

他俩又回到了一楼，女招待走回前台，就是他俩刚见第一面的地方。女招待给他看了一张大楼内举办“派对”的单子。“这上面只有纽顿先生的名字，没有其他的了。”她得意洋洋地说，“所以我才让您去雪松套间的。”

“可能我爸压根还没死吧。”帕特里克朝她逼近一步说，“如果是那样，那真是太惊人了。可能他只是在向我求救，你觉得呢？”

“我最好再去跟我们主任确认一下吧。”她退了两步说，“你稍微等我一小会儿。”她打开了一扇墙裙背后藏着的暗门，溜了进去。

帕特里克把身子倚在柜台上，恼火到气都喘不过来了。他脚下，踏着大厅里黑白相间的镶钻大理石，很像伊顿广场大厅地板的样子。那时候他的个子还只到老奶奶的手那么高。她拄着根手杖，手上的青筋特别凸起，顺着手指一直蔓延到手指上戴着的蓝宝石戒指那里。老奶奶在跟帕特里克的母亲聊什么委员会的事情，而帕特里克却迷失在一种感觉之中，就好像是他让这似曾相识的感觉发生的。现在这些日子里，任何事都像极了任何事，而用作比较的哪怕最微小的借口，也可以让一样事物如饕餮盛宴般，将另一样事物吞噬。

到底他妈的发生什么情况了？他父亲的遗骸怎么就那么难找到呢？要他自己去找的话，不会有任何困难，现在是弗兰克·E. 麦克唐纳殡仪馆在经历这些困难。正当帕特里克的脑袋里发出歇斯底里的爆裂声响时，从墙裙背后暗门后面走出一个光着脑袋、留着小胡子的人，娘里娘气的。他身上透着一股强烈的克制、内敛的天赋，仿佛是进入殡葬行业之时就与生俱来的。这人穿过大厅点缀着黑白菱形的地板，发出踢踏声响。没有一句道歉，他吩咐帕特里克跟着他走，又把他重新引回了电梯门里。他按下了去二楼的按钮，可能不及纽顿先生离天堂那么近，但不用忍受鸡尾酒派对的喧闹了。走廊里的灯调得很暗，主任在他前面碎步走着。帕特里克这才意识到，自己的那些防备心理，早就浪费在刚才那个冒名顶替者身上了。刚为纽顿先生守丧的那群演出闹剧之后，他发现自己就要承受不了目睹父亲遗体那一刻情绪的震颤了。

“就是这间房了。”主任边翻卷着袖口边说，“现在就留您和您父亲独处一下吧。”他的声音仿佛是从喉咙里发出来的。

帕特里克扫了一眼这间房，房间不大，地毯倒是铺得很厚。 **去他妈的蛋吧。**他爸躺在棺材里干什么呢？他朝主任点了点头，在房间外头等着，感觉心里有一波疯狂的怒潮在身体里扶摇直上。他马上就要见到自己父亲的遗体了，这有什么意义？这又原本打算要有什么意义？他在门口盘桓了许久。他父亲的遗体头冲着门口躺着，所以他还看不清那张脸，只能瞧见他灰色的发卷。工作人员给他的遗体上盖上了绵纸。他就这样躺在棺材里，就好像是谁拆了一半，没来得及拆完又放下的一份礼物。

“是我爸。”帕特里克声音低沉，仿佛难以置信。他把自己双手紧扣在一起，又转身面向一个想象出来的朋友说：“你不该这样的！”

帕特里克步入房间，此刻恐惧已经占据了他全身，但好奇心仍在驱使着他。父亲的那张脸啊，唉，倒是没有用绵纸裹上。他的容颜还透着高贵感，这让他感到有些吃惊。他的这副长相欺骗了很多人，因为大家都相信面由心生这档子事。但如今，随着相貌和人性之间的联系被切断，这样的推断也变得不甚相干。看他父亲的样子，死亡好像是一种热情，而他本人却无从体会。但是正因为有了死亡，他就像置身拳击赛场上的一位牧师一样，被人包围起来。

那双淤青肿胀、翕张忽闪的双眼终于闭上了。那眼睛曾经像出纳员的指尖清数着一堆纸币那样，评估着每一个弱点。他那下唇，但凡在一阵暴怒之前就会向前伸出，如今却与这骄傲的表情形成鲜明反差，而如今他的所有容貌都栖身于这份骄傲之中。他的唇齿曾被撕裂开来（他现在肯定还戴着那副假牙吧），因为怒火，因为抗议，也因为对于死亡的意识。

他曾经紧密地追踪着他父亲生活的行迹。这一习惯给他带来的影响，就好像血管里的血被污染了，就好像他自己给自己下了毒，不把病人的血抽干，便根本无法彻底净化或是榨取。但无论他多么紧密地追踪父亲生活的行迹，无论他多么仔细地想象着骄傲、残酷与哀伤——这三件贯穿他父亲人生始终的东西——如何形成一种致命的组合，无论他多么盼望这一组合不会贯穿他自己人生的始终，他都无法跟随父亲体味那最后一刻的感觉，即他预感自己时日无多，而且这样的预感还是对的。

帕特里克也经常预感自己快死了，但这样的预感没有哪次是对的。

帕特里克突然生起一股强烈的欲望，想要用双手把父亲的双唇掰开，就像撕一张纸那样，就顺着他牙齿已经咬出的那条深长的伤口。

别，别那样做。他不应该有那样的想法。居然想着绕到窗帘杆后面做那么大逆不道的事情。别那样做，他不应该有那样的想法。谁也不该对任何其他人做这样的事。他可不能做那样的恶人啊。混蛋。

帕特里克咆哮了一声，牙齿露出来，咬得紧紧的。他握紧拳头用指关节猛敲了下棺材的侧部，好让自己清醒过来。他怎么可以把电影里的情节搬到现实中重演一遍呢？他又整了整自己的思绪，发出了一声轻蔑的微笑。

“爸。”他操着那种甜得发腻的美式口音喊道，“你他妈可真可悲啊，现在你还要让我变得像你这样可悲。”紧接着是两声听来并不真诚的抽泣：“好吧，运气真糟糕。”他用自己的嗓音加上这么一句。

第三章

安·艾森转身走进自己住的那栋楼，手里拿着一盒“勒芙莱正宗糕点店”买的蛋糕。这家店原来的名字叫“拉芙莱正宗糕点店”[1]，维克托总是乐此不疲地指出这一点。要是没改名字的话，听着会比现在更加正宗[2]吧。她边思忖着，边冲着门童弗雷德笑了笑。这个叫弗雷德的男孩，穿着件好像是从他哥哥那儿传下来的校服。那是件棕色的外套，那镶着金色饰带的袖子，直垂到双手的指关节处，双手是煞白的。这孩子的裤子显然已经装不下他的屁股和大腿，垂下来根本盖不到脚踝，以及几乎和脚踝黏合在一起的淡蓝色尼龙袜。

“嗨，弗雷德。”安招呼道。

“你好，艾森夫人。您手里的袋子我来帮您拿好么？”弗

---

1 原文中“勒芙莱正宗糕点店”的法语名字是 Le Vrai Pâtisserie。但因为 Pâtisserie 本身是一个阴性名词，所以语法正确的表述应该是 La Vraie Pâtisserie，译作“拉芙莱”，而非“勒芙莱”。

2 原文为 vraie-er，or plus vraie。前者是作者用英语语法为 vraie 生造的“更加正宗”一词，而后者才是 vraie 比较级的正确法语表述。

雷德边说，边蹒跚着走向前。

“谢谢。”安答道，又稍显做作地弯下腰来说，“但是两个拿破仑和一个葡萄干面包，我还是拿得动的。对了，弗雷德，”她接着说，“四点左右我有一个朋友要过来。他看起来挺年轻，但是病恹恹的。你接待他的时候和善一点，他的父亲刚刚去世。”

“哦天哪，真替他感到难过。”弗雷德说。

“我倒没觉得他很难过，”安说，“虽然他本人可能还没获悉这个噩耗。”

弗雷德装得好像他没听到上面那番话。艾森夫人待人真的挺和善的，但有时候她说出来的话总让人摸不着头脑。

安走进电梯里，按下了到11楼的按钮。再过几周时间，一切都会结束。没有什么十一楼，也没有威尔逊教授的藤椅，没有那些非洲风的面具，也没有画室里让他自我感觉良好的抽象画（“我觉得画得很不错，但他就是不红有啥办法？”）。

吉姆·威尔逊有个有钱的老婆，所以他才能在公园大道给他那些风格老旧、自由主义的陶器办了个展览；也是得益于此，他自打十月份起就在牛津大学“访学”，而维克托作为交换则在哥伦比亚大学访学。每次安和维克托一起参加派对——他们好像无时无刻不在派对上——她总要提醒他作为访问学者的身份。安和维克托维系着一段“开放式”婚姻。这里的“开放式”，和“开放式伤口”、“公然反叛”[1]中的“open”一词是一个意思。“开放式婚姻”未必总是件好事，但考虑到维克托已经七十六岁了，这时候和他离婚恐怕不划算。更别说，他还需要人看护照料呢。

安走出电梯，打开了11E号公寓房的门，伸手摸到了大厅里挂着的那条印第安风格的毛毯，灯的开关就在毛毯旁边。一会儿她到底应该跟帕特里克说点什么见鬼的话？虽然他肯定已经变成了一个性情乖戾、不怀好意的小年轻，二十多岁的年纪，就因为沉迷毒品而掏空了身体；但是安还能依稀记得他五岁那年，乖坐在拉斯科特台阶上的样子。当年安没能让帕特里克的母亲从那场阴森恐怖的宴会上抽身而退，时至今日她仍觉得自己对此负有责任——虽然这听来有些荒唐。

蹊跷的是，那让她下定决心嫁给维克托的错觉，也是从那一晚开始真正萌发的。在那之后的几个月里，维克托一直埋头创作他的新书，而片刻不得抽身。这本新作的书名叫做《存在、感知和判断》，和他之前的作品《思考、感知和判断》很容易就会混淆起来（但混淆起来是绝对错误的！）。维克托的

---

1 “开放式伤口”和“公然反叛”的原文分别为open wound和open rebellion。

解释是，之所以给自己的书起如此相近的名字，是为了让学生们能够循序渐进；但这一说法既没法让安信服，也没法打消那些出版商们的疑虑。不过，他的新作就像一把无所不能的扫帚，扫去了在“身份”这一主题上积攒已久的灰尘，并把他们扫进了一旁更让人兴奋的故纸堆里。

在自己的创作的狂潮行将退去之前，维克托终于向安求婚了。那时安才三十四岁，虽然她当时还对维克托的上述成就知之甚少，但对他的钦慕却正值巅峰。她接受了他的求婚，原因之一是他自带那份儒雅的名人气质，对于一位在世的哲学家而言已算相当可以的了；另一个原因是，她相信维克托是个好人。

她到底应该跟帕特里克说点什么见鬼的话？她边思忖着，边从芭芭拉那琳琅满目的藏品中取出一套菠菜绿色的马略尔卡陶碟，在那光泽并不均匀的盘面放上了几块蛋糕。

想要在帕特里克面前装作自己对戴维·梅尔罗斯充满好感，那肯定是徒劳的。即便是在戴维和埃莉诺离婚后，在贫穷和病痛中度过的那段日子里，在她眼里也不如一条拴了链条的德牧讨人喜欢。他的一生，可以说是失败一词的完美注解；他的那份孤寂，光是凭空想象，就足以叫人毛骨悚然了。但是他仍带着一副刀子一般的笑容，装出一副他曾经努力学着（还是一个很成熟的学生哦！）取悦别人的样子。但是了解他真实本性的人，对于他的这番“努力”只会嗤之以鼻。

安斜身靠在那矮得出奇的摩洛哥式桌子上面，顿时感觉戴在头顶的墨镜滑了下来。在时下这种场合，她穿着黄色的棉质连衣裙会不会显得太欢快了？但这又有什么倒霉关系呢。帕特里克已经有日子没有见过她了，估计也瞧不出她染过头发。换做芭芭拉·威尔逊，她毫无疑问会让头发保持最自然的银灰色。但是安明天晚上还得上电视，聊聊“新女性”这个主题呢。她倒是绞尽脑汁想弄明白“新女性”到底是啥意思呢，不过还是先整了个新发型，买了件新衣服。这就算是做过调研了，她希望能给些经费。

三点四十分了。在帕特里克到来之前，她都没啥可做的。也许是时候点上一根能要了她命、能叫人得癌的香烟，全然不顾卫生局长给她的健康提示——说得好像你能相信一个既是外科医生，又是将军的人给的建议一样。但她的确怀有深深的负罪感，这一点无须隐藏。但随后她又感到负罪，是因为自己往洗澡水里倒了三滴沐浴精华，而不是两滴。这到底是什么鬼？

安还没来得及点燃她手上那根口感柔、劲头轻、薄荷味，抽起来仿佛完全体会不到的香烟，就听见楼下响起了门铃声。

“嗨，弗雷德。”

“哦，你好，艾森夫人，梅尔罗斯先生到了。”

“好的，我说你最好给他带个路到楼上来。”她边说，边思忖着刚才这番话，有没有可能用别的表达方式说得更好些。

安走进厨房，打开了开水壶，又往那日式的茶壶里零星撒下几片茶叶。那茶壶的把手是藤条做的，好似歪歪斜斜的一道拱。

听到敲门声她就停了下来，然后快步走出厨房，准备打开前厅的门。帕特里克背对着她站立着，穿着一件黑色长外套。

“你好，帕特里克。”她招呼道。

“你好。”帕特里克含糊不清地应道。他正准备缩身穿过她和门之间的缝隙进去屋里，却被她一只手搭在了肩上，然后是一个热情的拥抱。

“我为你父亲的去世感到难过。”她说。

帕特里克可不想就这么被她抱住了。他像摔跤手试图从对手的抱摔中挣脱那样，一溜烟地就逃开了她的拥抱。

“我也很难过。”他边说，边浅浅地鞠了个躬。“老是迟到会让人厌烦，但是到得太早又是不可饶恕之罪。准时准点，这算是我从父亲身上遗传的所有恶习中，比较轻微的一项了。这样意味着，我永远没法做到真正的时髦了。”他双手全程没拿出外套的口袋，在画室中来回踱步。“不像这套公寓啊，”

他冷笑一声说，“是谁那么走运，拿这套换了你伦敦那处漂亮的房子啊？”

“和维克托交换的那位哥伦比亚大学的学者，吉姆·威尔逊。”

“上帝啊，想想还有人来跟你交换是啥感觉，有些人就只能自己跟自己交换。”帕特里克说。

“你要喝点茶吗？”安叹了一口气问道，透着些同情的味道。

“唔，”帕特里克答道，“我想问下我能不能真的‘喝一杯’啊？对我而言，现在就像是晚上九点钟了。”

“对你而言，每时每刻都好像是晚上九点钟。”安说，“你想要喝啥，我来帮你调。”

“不麻烦了，我自己来。”帕克特克说，“每次你帮我调的酒都不够烈。”

“好吧。”安说着就转身回了厨房，“酒都放在那个墨西哥磨盘上面了。”

磨盘上刻着的图案，是身披羽毛的勇士；但是真正让帕特里克眼前一亮的，却是那瓶野火鸡威士忌。他倒了些许到一尊高脚杯中，迅速一口闷掉同时又吞下了一片安眠酮，最后又把杯子注满。凭吊过父亲的遗体后，他又转而去了摩根担保银行的四十四大街支行，取出了三千美元现金，现在就揣在衣服口袋里一只橙棕色信封里，装得鼓鼓囊囊。

他又伸手摸了摸口袋里的药片（右侧下方的口袋里），然后是装钱的信封（左侧内口袋），最后是信用卡（左侧外口袋）。这一套紧张的动作，他有时候隔几分钟就要重复一次，就好像在神坛前把自己钉上十字架一样——毒品、现金，以及信用卡的圣灵，三位一体。

去银行取款之后，他已经嗑了第二片安眠酮了。但是此刻他仍觉得脚踩棉花，绝望无助，却又兴奋异常。如果嗑第三片的话可能有点矫枉过正了，但矫枉过正不就是他的职责所在么。

“你有过这种感觉么？”帕特里克又变得容光焕发，迈开步子踏进厨房对安说。“你看到一口石磨，还有一句叫做‘绕在我脖子上’的话，那感觉跟把价钱记入老式的收款机一样。真是太让人丢脸了。”他说着，又夹起了几块冰块，“老天啊，我真是爱死这制冰机了。到目前为止，这是全美国最让我喜欢的东西。我刚说那丢人的事——一个人的所有思想，都被那些白痴一样的制度给提前准备好了？”

“白痴一样的制度的确不好。”安表示赞同，“但是也没必要用收款机来点那些便宜货啊？”

“如果你的脑子跟收款机那样运作的话，你脑子里不管蹦出啥来都注定是便宜货。”

“你肯定没去勒芙莱正宗糕点店买过东西。”安边说，边端着蛋糕和茶水进了画室。

“如果我们自己都无法控制清醒时的反应，在人们面对我们无法辨认的影响时，又如何应对呢？”

“我们毫无办法。”安欢快地答道，随手给他递上一杯茶。

帕特里克发出了一声短促的笑声。他刚才说的这番话，倒让他自己感觉释怀了。大概是安眠酮开始对他起作用了吧。

“你要来块蛋糕吗？我买来是为了纪念一下拉科斯特的。这蛋糕就跟……额……跟‘法国来信’[1]一样充满法国味儿。”

“你说那种‘法国’啊。”帕特里克喘了口气，出于礼貌把她手里的拿破仑蛋糕接了过来。刚把蛋糕递到嘴边，奶油就从侧面溢了出来，活像伤口里流出几滴脓来的感觉。苍天啊，他心里感叹道，这块蛋糕已经完全失控了。

“它会动唉！”他大声呵道，特别用力地把拿破仑蛋糕挤了一下。这下里头的奶油喷涌而出，面前那张摩洛哥式的桌

1　法国来信（French letter）是避孕套的一种委婉说法。

子，那精致的黄铜桌面上被溅得四处都是。他的手指因为沾到了糖衣，变得黏糊糊的。“哦，太对不起了。”他嘟囔着把手里的蛋糕放了下来。

安递给他一张餐巾纸。她能觉察到，帕特里克变得愈发笨手笨脚、口齿不清。他来之前，安还担心他俩聊天逃不开他父亲这个话题呢；而现在，她担心他俩根本聊不起来了。

“你去看过你父亲的遗体了吗？”她简单直接地问。

“确实看过了。”帕特里克不假思索地回答，“我觉得躺在棺材里对他最好吧——不用像平常那样难受了。”他朝安邪魅一笑，让她放下了防备。

安也报以淡淡的一笑，但帕特里克并不需要她来给他提气。

“我小的时候，”他接着说，“我爸经常带我下馆子。这里的‘馆子’我之所以用复数，是因为我们每次吃饭都要闯进闯出至少三家馆子。每次不是因为菜单上得太慢了，就是因为我爸觉得服务生蠢到不可忍受，再就是因为酒水不合他的意。我还记得他有次把红酒瓶子底朝天拿着，瓶里的酒汩汩地全倒在地毯上了。‘你给我上的这是什么马尿啊？’他冲着服务生吼道。服务生也是吓坏了，没敢把他轰出去，还重新给他上了一瓶酒。”

“所以，他到那个地方能不抱怨了，你就喜欢了。”

“一点没错。”帕特里克说，“也不知是我运气太差还是怎么的。刚看到他时有那么一刻，我真盼着他从棺材里坐起来，就像日落黄昏时的吸血鬼那样，说‘这里的服务真是差得不能忍’。然后我们只好轮番换个三四家新的殡仪馆。我提醒一下啊，那家殡仪馆的服务的确差得不能忍。他们把我带去看别人家的遗体了。”

“别人家的遗体？”安叫出了声。

“是啊。我走进去才发现，那是一场喜气洋洋的犹太教鸡尾酒派对，为了纪念刚去世的赫尔曼·纽顿先生而举办的。我倒是愿意在那儿多待会儿的，他们看起来都玩得很尽兴啊……”

“这故事真是吓死人。”安说着，又点了一支烟，“我猜他们会提供哀伤辅导之类的课程的吧？”

“当然有。”帕特里克说着，又发出了一声短促、空洞的笑声，然后又瘫坐回他的扶手椅上。他能确凿地感受到安眠酮的劲儿开始起来了。在酒精的作用下，安眠酮的效力被激发到了极致，就像在阳光照射的诱惑下，鲜花慢慢将花瓣打开的模样。他轻柔地想象着这一切。

“你刚才说什么？”他其实没听清安之前的问题。

“他的遗体是准备火化吗？”安重复了一遍。

“是的，没错。”帕特里克答道，“我听人说遗体火化之后，我们拿到手的并不是真正的骨灰，而是焚烧炉里用耙子耙出来的积灰。你大概可以想象，这对我而言算是个好消息。在理想状态下，所有的骨灰都是归属原主之外的其他人的，但是我们生活的这个世界本就不完美啊。”

安原来还想搞明白，帕特里克是不是因父亲的去世而感到悲伤呢，现在她放弃了这番尝试。她倒是盼着，帕特里克能有那么一丝悲伤。他刚才这番近乎恶毒的评述，虽然对他本人毫无影响，但却让他看起来如此病态，仿佛被毒蛇咬了一口，只等着断气的那种状态。

帕特里克缓缓地闭上了双眼，过了挺长的一段时间，才又缓缓地把眼睛睁开。这整个过程持续了差不多得有半小时。后面的半小时，又被他用来舔舐着自己干燥却又带些溃疡的嘴唇，那仿佛让他格外出神。最后吞的那片安眠酮，真的让他体会到不一样的感觉。他身体里的血就像断掉电源后的电视屏幕那样，发出嘶嘶的声响。他的双手就像握着一对哑铃。只要向外一曲张，就会感到成倍加剧的沉重感。

“喂，你还醒着吗？”安叫了一声。

“太对不起了。”帕特里克回过神来，朝前探了探身，摆出一个他自认为足够迷人的笑容，“我真是累坏了。”

“也许你是该上床睡觉了。”

“没，没，没。咱们不要大惊小怪。”

“你可以躺着先眯几个小时啊。”安提议说，“醒来之后再跟我和维克托吃饭。然后我们可以一起去参加个派对，是长岛的一群亲英份子组织的，吓死个人，但应该是你喜欢的类型。”

“你对我真是太好了。但是目下我可没法面对这么一大群陌生人。”帕特里克婉拒了。他想打出父亲去世这张牌来让安信服，但这一招出得有点晚了。

“你还是一起来好了。”她倒是不轻易作罢，“我相信这派对可以完美诠释‘问心无愧的奢侈感’。”

“我搞不懂这词儿是啥意思。”帕特里克听着快睡着了。

“甭管去不去，我先把地址给你吧。”安挺坚持，“想到你要孤零零一个人待好久，我就不好受。”

“好吧。我走之前记得写给我。”

他心里明白，过会儿自己又得吞几片“快快”了，否则就得不情不愿地接受安的邀请，“躺着先眯几个小时”了。他也不想吞下一整片“黑美人”，不然接下来的十五个小时里他都得沉浸在自大狂的臆想之中，踏上一段奥德赛式的旅程，但他也不想变得那么清醒。另一方面，他总感觉自己像被丢进了游泳池，而周遭被慢慢凝固的水泥所包围着，他得想办法丢掉这份幻觉才行。

“厕所在哪儿？”

安给他指好了路，帕特里克一路踏着脚下的地毯，沿着她指的方向走去。把卫生间门锁上的那一刻，一种再熟悉不过的安全感油然而生。唯有在卫生间里，他才能放心让自己生理、心理上对某物的痴迷彻底释放。平常时候，要不是有旁人在场，要不就是镜面的采光不够好，他总不能如愿。他人生中大多数的“高质量时光”都是在卫生间里度过的。扎针、鼻吸、吞药、偷东西、过量服药；检查自己的瞳孔、胳膊、舌头，还有他的“藏品”……

“哦卫生间啊！”他站在镜子面前张开了双臂，长声吟叹道，“卿之医药箱赐我绝世之愉悦，毛巾似荡涤我血液之洪流……”随着朗诵声渐渐淡出，他从口袋里掏出片“黑美人”来。他要喝完足够的量，药才能起效果……足够的量……他刚说什么来着？自己都记不得了。苍天啊，这就是传说中的间歇性失忆症吧。专攻药物滥用的莫里亚蒂教授，适时地打断了他，然后让那份克服重重麻烦才终于摄取的宝贝快感，一下子冲刷殆尽。

“毫无人性的魔鬼。”帕特里克喃喃道。

那黑色的胶囊终于还是一掰两半了，帕特里克凑着水池边上一圈葡萄牙式的瓷砖，从胶囊里倒出一半的粉末到上面。然后又掏出一张崭新的百元大钞，卷成一条密不透风的烟卷，凑着瓷砖上那一小撮白粉末一鼻子吸了上来。

他的鼻子感到一阵刺痛，眼睛里泛起了一小股泪水，但没有什么能让他分心。帕特里克把胶囊又重新合了起来，抽了张克里奈克斯纸巾给包了起来，放回了衣服口袋里。突然，出于某种他自己也莫能名状的原因，他几乎是逆着自己的性子，又把胶囊掏了出来，把里面余下的粉末倒在瓷砖上，跟上次一样一吸而尽。他说服自己，这样药物的效力不会持续很久，然后用鼻子猛吸了一口气。什么事儿只做一半就停下来，都让人感觉不干净。甭管怎么样，对于一个刚失去父亲的人，他是有理由感到困惑的。最至关重要的一件事，这件事彰显了他的英雄壮举，证明了他的严谨认真，也饱含着他与毒品作斗争这场战争中的武士身份——这件事就是，他没碰过海洛因啊。

帕特里克向前探身，对着镜子检查了一下自己的瞳孔。很明显，瞳孔扩张了。他的心跳也在加速。他有种精神焕发的感觉，有种神清气爽的感觉，事实上他还有种勇猛敢闯的感觉。这感觉就像是他从来没酗过酒，从来没嗑过药，此刻他又重新夺回自己的控制权了。“快快”如同黑暗中的灯塔，照射出夺目的光芒，照亮了安眠酮、酒精和时差所造就的漫漫长夜。

“现在呢，”他又扣紧了西服翻领，面露一副市长般的庄严神色，“最后但并非最不重要的一点，他指引我穿越了哀悼戴维·梅尔罗斯逝世的悲伤，蒙上的那一层——如果我可以这么表述的话——阴影。”

他在卫生间里待了多久了？就好像有一辈子那么长。再过不了多久，消防队怕是要强行破门而入了吧。帕特里克开始手忙脚乱地收拾现场了。他可不想把“黑美人”的空胶囊丢进废纸篓里（妄想症犯了！），于是他把空胶囊掰成两瓣，丢进了水池的出水孔里，一下子冲走。他现在又重焕生机了，但是怎么跟安解释呢？他洒了几泼凉水在自己脸上，又故意任水滴沿着面颊淌下来。现在就剩下一件事要做了：要来一声实实在在的马桶冲水声，每个躲在卫生间里吸毒的人都懂这一套，希望这样能骗过那帮他假想出来的、熙熙攘攘的观众群体。

“苍天啊。”安见帕特里克走回了画室，不禁感叹道，“你干吗不把脸擦干呢？”

“我刚给自己灌了一瓶冷水，顿时感觉又活过来了。”

“哦真的吗？”安问，“你喝的是什么水啊？”

“让人非常神清气爽的水。”他答道，然后坐下，把他两只汗涔涔的手掌在裤腿上擦了又擦。“这倒提醒了我，”他又倏地一跃而起说，“如果可以，我想要再喝一杯。”

“当然没问题。”安的口气挺顺从，“对了，我刚才忘记问了，黛比最近怎么样？”

这问题一出，恐惧瞬间就占据了帕特里克的全身。每次他被别人问及关于另一个人的感受时，就好像是遭到了突然袭击一样。黛比最近怎么样？我他妈的怎么会知道啊？他自己的情感生活正在遭遇雪崩，要完成自救都已经够费事的了，还要让他关注的那阴郁的圣伯纳德犬不至于游弋到别处去。另一方面，安非他命开始作用于他，让他交谈的欲望变得更加迫切，没法对面前这个问题视若无睹了。

“好吧。”他站在房间的另一侧说道，“她现在追随她母亲的脚步，在写一篇关于如何做好女主人的文章呢。特蕾莎·希克曼的脚步，那可不是普通人能看得见的。它藏在暗处熠熠生辉，等待她顺从尽职的女儿来发现。尽管如此，我们还是要对她心怀感激，毕竟她的对话风格没有学得跟她父亲一个样。”

帕特里克又陷入了间歇性的迷失，陷入了一种冥想的精神状态。他觉得特别清醒，但不是为了任何事情而感到清醒；让他清醒的，只是清醒本身。他的思绪，在绝望中期盼着思绪本身，在起跑线上结结巴巴地说着，又将他流畅的感觉朝着沉默推近了一步，也离危险更近了一步。“但你还是没有告诉我。”帕特里克把自己从这段有趣的心理层面的口吃中拽回来，同时又打算报复一下安，谁让她提了黛比呢，“维克托最近怎么样？”

“哦，他挺好的。他现在算是个德高望重的老人了，这一辈子不都在训练自己融入这一身份么。关注他的人很多，他现在在教关于‘身份’这个主题的课程。用他自己的话说，闭着眼睛都能讲了。你有读过他的那本《存在、感知和判断》吗？”

“没。”帕特里克说。

“好吧，那我一定得送你一本了。”安说着，站起身来走到书架。

“这书是关于身份的，对不对？”他有些怀疑地问道。

“所有你曾经想知道的一切，所有你从未敢于分毫不差、明确表达出来的一切。”安说。

“好家伙。”帕特里克说着，就一刻不闲着地站起身来。他必须得走一走，他必须在空间中穿梭，否则这世界就会有把自己夷为平地的趋势，这显然太危险了。他感觉自己就像一只趴在窗玻璃上的苍蝇一样，寻觅着一条能逃出这透明监狱的出路。安以为他是过来拿书的，就顺势把书递到了他手里。

“哦，呃，谢谢你。”他说着，又迅速凑上前去给了她一个吻，“我过会有空一定拜读。”

他努力想把这本书塞进大衣口袋里，当然他早就知道根本塞不进去的。这根本他妈的是无济于事的。现在可好，他甭管去哪儿都得扛着这本笨头笨脑、厚得可笑的大部头。他心中又泛起一波狂怒。他又情绪激动地怒目瞪着一旁的废纸篓（那原来是个索马里水壶），想象着跟扔飞盘那样，把手里的书旋转着向它扔去。

“我现在真的得走了。”他短促地说。

“真的吗？你不多留一会儿，好等维克托回来跟他打个招呼？”

“不了，真的得走了。”他听着有点没耐心了。

“好吧。但是等我先把萨曼莎的地址写给你吧。”

“什么？”

“就是那个派对啊。”

“哦，对的。但我估计我不会去的。”帕特里克说。

安把地址写在一张纸上，递给了帕特里克：“拿去吧。”

“谢谢你。”帕特里克的回答有点突兀，然后掸了掸大衣的领子，“我明天给你打电话吧。”

“或者今晚就见个面呢？”

“可能吧。”

他转过身去，快步朝门走去。他必须得逃到外面去。他的心脏好像随时都要从胸腔里跳出来了，跟玩偶匣里的杰克一样。他费尽力气把匣子的盖子按上，但是估计也只能坚持个几秒钟了。

“再见。”他在大门口跟安告别。

“再见。”安说。

搭着那破破烂烂、不通风的电梯往下去，从那个看着挺弱智的胖门童身边走过，他走上了大街。此刻他完全暴露在一片苍白、宽阔的苍穹之下，多么震撼的感觉。就像盘子里的生蚝，当食客把柠檬汁挤到它身上时，肯定也是这种感觉吧。

他干吗要离开安的公寓呢？那好歹是个栖身之所啊。而且他的态度还那么粗鲁。现在，她怕是要恨他一辈子了。他刚就没做一件对的事。

帕特里克一眼望到了大道的尽头。那感觉就像是一部讲述人口过剩问题的纪录片，开篇的长镜头。他沿着大街一路走下去，想象着一个个行人的脑袋被砍下来，咕噜噜滚进他身后的排水沟里。

第四章

如果他思考的方式本身就是个问题，那他又如何思考出摆脱问题的方法呢？这已经不是帕特里克第一次有这种惶惑了。带着这样的思绪，他很不情愿地让外套从身上滑落下来，被一位身着红色夹克、头发梳得油光水滑的侍者接住。

吃东西，只是一种暂时性的解决方案。但是眼下，哪种解决方案不是暂时性的呢？甚至连死亡都是如此。说到死亡，那关于命运无情的讽刺，让他无比坚定地相信来生的存在。毫无疑问，在又一阵恶心却仍清醒的意识到来之前，自杀无疑是最剧烈的前奏，如同不断消逝的漩涡，如同无限收紧的绳索。回忆像弹片一样，每一天都一刻不停地撕裂着他的肉体。谁能猜到，在永恒的假日营地前面，等着他的是什么样精致的折磨？想到这些，一个人光是能活着，都应该感恩戴德了。

帕特里克接过了裹着皮革封面的菜单，连望都没有抬头望一眼，就琢磨着只有栖身那面夹杂着残酷和愉悦感官的瀑布后面，他才能躲开捍卫良心的血猎犬。就在那儿，在冷冰冰的石头凹面，在那面沉重的白色帷幕后面，他会听到它们在河堤上惶惑的尖叫、咆哮声。但至少，它们不会因为带着责备的狂怒，来把他的喉咙给撕裂开。说到底，要通过他留下的线索追踪他，并不是一件难事。荒废的光影，和绝望的等待所留下的痕迹，就像垃圾一样被扔得满地都是。更别提那些血迹斑斑的T恤衫，还有那些注射器——盛怒之下，他一把就将针头撅折了；后来因为要再来最后一发，就又把撅折的针头拼起来了。帕特里克猛地深吸一口气，双臂交叉摆在胸前。

“一杯干马天尼，纯饮，带柠檬卷的。”他慢条斯理地说，“现在可以帮我点单了。”

一位侍者径直走过来，准备为他点单。一切都尽在掌握。

大多数正在嗑药、吞了“快快”，或是时差还没倒过来，吞了安眠酮劲儿还没过去的人，大概都对食物没啥兴趣了。但是帕特里克发现，在任何情况下都能很好掌控自己的食欲。即便当他厌恶肉体的接触，致使其性欲的表达只能弱化为一个理论意义的表情时，也是如此。

他还记得，约翰尼·霍尔义愤填膺地跟他讲起他最近蹬掉的一个姑娘：“她就是那种姑娘，你刚来完一发可卡因之后，她会凑到跟前来揉揉你的头发。”换做帕特里克，对于这种笨手笨脚的举动，帕特里克曾经报以一声惶恐的嚎叫。当一个男人变得像块玻璃窗那样空虚、脆弱的时候，是不会希望有人来揉他的头发的。有些人觉得可卡因是种毒品，带着些含混的色情和下流意味；但也有些人觉得，把这玩意儿注射到静脉里，能有机会体验到北极风光给人带来的那种纯粹恐惧。这两种人碰到一块儿，不可能聊得下去。

当他的意识如盛开的白色花朵一般，连同每根神经的枝梢一道，终于迸发的那一刻，那带着愉悦却又叫人心碎的第一波，总要让他付出点代价，这代价就是恐惧。他所有碎片般的记忆此时又飞速地合拢起来，如散落四处的铁质锉屑，被一块磁石牵引着汇聚一处，摆出一朵玫瑰花的造型。又或者——他必须停下来不想那些了——又或者像显微镜下面饱和的硫酸铜溶液一样，突然凝结，晶块出现在载物台的各个角落。

他现在必须停下来不想那些了——停下来，现在！别想啦！想想别的事儿吧。譬如，想想他父亲的遗体如何？那样的话情况会不会好一些？欲望的问题可能会一扫而空，但仇恨却依旧是来势汹汹。

啊，马天尼终于上来了。就是算不上骑兵团，至少也能扩充下武器库了。帕特里克一口干完了杯中那冷冰冰、黏腻腻的液体。

“你需要再来一杯吗，先生？”

“好的。”帕特里克爽快地答应了。

一个穿着晚礼服、看起来级别更高的侍者走到帕特里克跟前，帮他点单。

“生三文鱼塔塔，然后接下来是牛排塔塔。”帕特里克说。连着说两遍“塔塔”这个词儿，让他体会到一份纯真的快乐。所以他也乐此不疲的点了两道用成人餐烹调手法做成的儿童餐，原本都已经切碎了，又压扁成一坨端上来给他。

第三个侍者上来了。他的礼服翻领上别着一串金色的葡萄，脖子上挂着一个串串，上头挂着一个金质大酒杯，尝酒用的。他看来已经准备好立马给帕特里克上一瓶寇东·查理曼[1]，再开一瓶宝嘉龙[2]，过会儿品尝。一切都尽在掌握之中。

不行，他一定不能想这玩意儿。说实在的，他应该什么事都不想，尤其不能想海洛因。因为海洛因是唯一能管用的玩意儿，只有这玩意儿才能让他不再像轮盘上飞奔的仓鼠，在一连串无解的问题中仓皇逃窜。海洛因就是他的骑兵团。海洛因就

1 位于法国勃艮第博纳山坡的一个生产白葡萄酒的特级园，庄园名源自神圣罗马帝国的查理曼大帝，最早的历史记录可追溯到 1375 年。庄园每年生产约 30 万瓶白葡萄酒销往世界各地。

2 位于法国波尔多圣朱利安产区的一个生产红葡萄酒的庄园， 1855 年被评为梅多克列级酒庄第二级。

是板凳四条腿里丢掉的那一根，制作工艺如此精巧，靠着断腿的部位接上去完全都能严丝合缝。海洛因降落在他头盖骨的底部，发出咕噜咕噜的声响；又绕着他的神经系统将自己包裹起来，藏在暗处，活像一只黑猫，在自己最钟爱的靠垫上团成一个球。就像斑尾林鸽的喉部一样，柔软，丰腴；或是像溅到一页纸上的封蜡，或是在两手之间来回倒腾的，满满一捧的宝石。

别人对于爱情的观感，和他对于海洛因的观感是一模一样的；别人对于海洛因的观感，和他对于爱情的观感也是一模一样的：他们都觉得，这玩意儿不但危险，而且难以理解，纯粹是浪费时间。他又能对黛比说点啥呢？“虽然你也知道了，我对于我爸的恨，以及我对毒品的爱，是我人生中最重要的两段关系；但是我想让你知道，你能排到第三位。”又有哪个女人，在比赛结束“站上领奖台”的时候，不会为自己骄傲呢？

“哦，赶紧他妈的闭嘴吧就。”帕特里克想低语却叫出了声来，又喝光了手里的第二杯马天尼，但毕竟不像第一杯那样豪放了。如果事态照此发展，他恐怕不得不给皮埃尔打电话了，他可是全纽约有口皆碑的毒品经纪啊。不行！他不能这么做，对自己发过誓了，千万不能这么做！ 555－1726。这个电话号码就像纹身一样清晰地出现在他的手腕上。自打九月份之后，他就再也没有拨过这个号码，那是八个月前的事情了。但是他绝不会忘记，这个七位数字曾让他激动到肚皮里的肠子都蠕动起来。

别着金葡萄的那个侍者又过来了，从那瓶寇东·查理曼的瓶颈上把锡纸包装给撕下来，又把那瓶红葡萄酒放在架子上。帕特里克正在端详着酒瓶上那张标签上，平光金色的苍穹下的一座白色城堡。也许有了这些慰藉，他用过晚餐之后就不用再四处“觅食”去了，但是帕特里克自己都将信将疑的。想着，他抿了一口寇东·查理曼的酒样。

尝完第一口，帕特里克不由心生似曾相识之感，咧嘴笑了起来。那感觉，就仿佛一个男人蓦然回首，在人潮拥挤的舞台尽头瞥见了自己的恋人。他又高举起酒杯，咽下一大口杯中那淡黄色的液体，含在嘴里几秒钟，然后再让它顺着喉咙流淌下去。没错，这招很有效，依然很有效。有些事情从来不会让他失望。

帕特里克闭上眼睛，那味道就像幻觉一般，在他身上泛起阵阵涟漪。便宜的葡萄酒会让他有一种被深埋在水果之中的感觉，但谢天谢地，这回他假想出来的葡萄感觉毕竟没那么真，就像肿胀的黄色珍珠制成的耳环一样。他又勾画出这样的画面，葡萄藤用它那健硕的茎，把他拽进厚重的红土中去。在他的上颚上，铁器、石头、泥土和雨水的痕迹走马灯似的闪过，像稍纵即逝的流星一样，把他的胃口吊了起来。原本严严实实包裹在瓶中的感官触觉，就像被偷走的帆布一样展开成一片。

有些事情，从来不会让他失望，只会让他有种想哭的冲动。

“您想再尝尝巴奥吉亚龙吗[1]？”

“来点吧。”帕特里克说。

别着金葡萄的那个侍者，朝着大到滑稽的酒杯里倒了些红酒。光是闻闻味道，帕特里克就仿佛看到了许多东西。闪闪发光的花岗岩，蜘蛛网，还有哥特式的天花板。

“还不错。”他尝都没顾得上尝一口就说，“给我倒一点，我过会儿再喝。”

帕特里克又重新瘫坐回椅子上。既然红酒的诱惑已经结束了，那就又回到老问题上面：他是用完晚餐之后去找毒贩子，还是等到回了酒店之后呢？也许他可以当成普通的社交拜访，去见见皮埃尔。想到这儿，帕特里克又爆出一声巨响的笑声，尽管在当时的情境下听着是那么不合时宜。但与此同时，他又能感受到一种强烈的、情感上的欲望，一定要见到那个神经错

1 此处侍者故意将“宝嘉龙”（Ducru-Beaucaillou）法语读音的每个音节都发得特别清楚、缓慢，变成了“Do-crew Bo-ca-u”，故而中文译作“巴奥吉亚龙”。

乱的法国人。在很多层面上，帕特里克觉得皮埃尔是他最亲近的人。

皮埃尔曾经在一家精神病院蹲了八年时间，原因在于，他老觉得自己是个蛋。“足足蹲了他妈的八年啊，哥们儿。”他逢人便说，语速很快，带着浓重的法语口音，“我觉得自己是个蛋。我觉得自己是个蛋[1]——这可不是在讲他妈的笑话啊。”在那段日子里，他荒废的身体被护士们投食、腾挪、冲洗，然后穿上衣服——这些护士可没料到，自己在把一个蛋玩弄于股掌之间啊。后来皮埃尔被释放了，让他开始无所束缚的旅程，好去环游全世界，他当时处于一种启蒙的状态，不需要他对词语、意义去做愚钝的冥想。“我什么事都明白。”他会用挑衅的眼神盯着帕特里克说，“我的意识可是完整的。”

就在那些旅程的过程中，皮埃尔还会不时地回到曾经的医院病房驻足，看着他如一只尚未孵化的蛋一般的身体，带着怜悯和轻蔑的深色，把它孵出来。但是这样持续了八年后，他突然意识到自己的身体因为疏于料理，已经奄奄一息。

“我只能把自己重新塞回那副狗日的躯体里。真是太吓人了。我真是觉得恶心到家了。”

1　若无特别说明，仿宋字体部分原文为法语，下同。

帕特里克听得着了迷。这让他想起了路西法在把自己塞进蛇的身子，那黏黏糊糊、一圈绕一圈的一团里的时候，那副恶心坏了的模样。

有一天，护士们拿着海绵和婴儿食品进来了，却发现皮埃尔身体虚弱、很不耐烦。经过了近十年一步不挪、一语不发的状态后，他此刻正坐在床沿上。

“好吧，我走就是了。”皮埃尔厉声说。

检查结果表明，他的意识完全清醒，甚至可能太清醒了。于是他们放下心来，又把他从精神病医院释放了。

可现在，只有靠着海洛因和可卡因源源不断的供给，他才能勉强维系住当初那份，让他感到荣光的疯癫感。虽然体态不再轻盈，但他还是盘旋于自己的身体，与自己对那种分离感绝望的怀念之间，所存的那道空隙之上。他的手臂上有一道形状如锥形火山的伤疤，干掉的血迹和瘢痕组织粗糙地堆砌隆起，从他手肘的内侧，那团绵软的空心处立地而起。因为有了这玩意儿，他得以把注射胰岛素的针筒上那根细细的针头，沿着与静脉平行的方向扎进去，而不需要先点个两下找对地方。这样像给血液的流动留出了一个开放的入口，跟紧急逃生的通道一样。当他被囚禁在那具得了黄疸病、不宜寄居、他都没法称作是自己的躯体里时，“快球”总能从这个通道鱼贯而入，缓解幽闭带来的恐惧。

皮埃尔的作息起居有着严格的规律。先有两天半是醒着的，然后在注射了大剂量的海洛因之后，他要睡上，至少是休息上十八个小时。他醒着的时候是个卖毒品的，待人粗鲁草率，但交易效率极高。每个上门的客人，都只让他在黑白色调的公寓里待不超过十分钟。他从来也不让顾客在自家卫生间里用针筒注射，因为如果一不小心死那儿了，那麻烦可就大了。但是对于帕特里克，皮埃尔就迅速解除了禁令。去年整个夏天，帕特里克曾经学着保持跟皮埃尔一样的睡眠模式。他俩经常会整宿不睡觉，皮埃尔拿了一面镜子放倒当桌子用，他俩就分坐在镜子的两头。每小时里，先花上其中的一刻钟来嗑药，尽情挥洒着带化学药品气味的汗水，与此同时，讨论他们俩最钟爱的话题：如何让灵魂与肉体完美分离？如何亲眼目睹自己的死亡？当他们过往的历史将某种身份强加于各自身上，如何栖息在这种身份所营造的模糊地带？异性恋者都是多么虚伪，多么肤浅。还有，当然了，如何彻底地戒掉毒瘾，如果他们真的想戒的话，毕竟吸毒的状态迄今还没有困扰他们太久的时间。见他妈的鬼去吧，帕特里克心里想着，边一口干了杯子里的第三杯白葡萄酒，又迅速拿起瓶口还滴着酒的瓶子，重新把杯子斟满。他**必须**得断了这些念头。

有这样的一个父亲（嘤嘤嘤），“权威人物”和“行为模范”总归是一件不好解决的问题。但是在皮埃尔身上，他总算找到了那么一个榜样式的人物，让他愿意怀着无条件的热情去效仿，也能接纳他给出的建议。至少在皮埃尔竭力把帕特里克的可卡因摄入量控制在两克之前，他还是这么觉得的——帕特里克以前可觉得少于七克活不了啊。

“你真他妈是疯了，哥们儿。”皮埃尔冲他嚷起来，“你每次都干得这么快干什么啊。这么玩你会丢了小命的！”

这样的争执，给那个夏日的尾巴蒙上了一层阴影。但不管怎么说，现在都是时候处理遍布他全身各处的红疹子，以及口腔里、咽喉里、胃里突然冒出来遍及各处的溃疡，白花花的，带着灼烧的痛感。这样的时候，他通常会回英格兰待几天，去他最中意的那家诊所挂号。

“哦，那真是美妙的日子啊。”帕特里克说着，气都不带喘地用了几口，就狼吞虎咽地解决了面前的生三文鱼片。他又把剩下的白葡萄酒一饮而尽，至于味道如何，现在根本是不管不顾了。

这阴森森的餐馆里还有什么别的人呢？是有些他此前从未看到过的稀奇古怪的人儿，又或者压根就没有那么稀奇古怪。

他们可不是把他召唤来解决“他心问题”[1]的，虽然像维克托，这种一开始就认定这的确是个问题的人，当然了，都以全身心地沉浸于“他心”的作用之中，而为世人所知。

他的眼睛环视了一圈整个房间，带着像爬行动物一般冷峻的神情。他讨厌他们所有人，讨厌他们每一个人，尤其是那个胖到令人发指的家伙，对面还坐着个金发美女。那美女肯定是收了胖子的钱，才能做到相伴左右却不露半点恶心状吧。

“苍天啊，你把人恶心坏了。”帕特里克低声说，“你就没有考虑过减减肥吗？没错，我说的就是这词儿，减肥；要不然，胖得令人发指这件事难道不会始终在你心头萦绕吗？”帕特里克咄咄逼人的气势带着些恶毒的报复，显得非常粗野。酒精真是一种原生态的毒品啊，他心里想着，又回忆起他上学的时候碰到的第一个毒贩子，他那番圣人般的宣告。那是个模样昏昏欲睡，上了年纪，让人打不起精神的老嬉皮士，名叫巴里。

“要是我长得跟你似的，”帕特里克接着嘲笑起那胖家

1 又称“他人心灵问题”，是哲学知识论中的一个传统问题，由怀疑论提出。该问题的核心难点是，在只能观察到其他人的外显行为的前提下，要如何建立哲学论据来证明其他人也拥有心智并证明对于他人心智的知识是可靠的。

伙，“那我不如自杀算了。都不需要别人来刺激我一下。”他对此毫无疑问，自己不但是一个身材歧视者，还是个性别歧视者，以及年龄歧视者，还是个种族歧视者，以及性取向歧视者，更是个毒品歧视者，以及，一个与生俱来的势利眼。但是他的性子是如此恶毒，几乎没人能满足他的需求。甭管是谁，跟他提及一个小众群体或是大众群体，即便他没有因为这样那样的原因而心生憎恨，他也会公然反对的。

“一切都还好吗，先生？”又来了一位侍者问。刚帕特里克低声喃喃的时候，侍者还以为他是准备要点单呢。

“还好，还好。”帕特里克答道。好吧，肯定不是每件事都 OK 咯，他心里想，你总不能当真指望别人接受这一点吧。说实话，一冒出“一切都 OK”这个念头，他就会感到义愤填膺，这很危险。在这种荒唐滑稽的言论中，“肯定”是一种顶稀罕的商品，容不得你浪费。帕特里克此刻都想把侍者叫回来，刚才是不是给他留下了错误的印象，让他误以为自己很高兴。但是这头又走过来一位侍者——他们就不能让他一个人静静吗？但如果他们真这样做了，他心里又能不能受得了？——后面一位侍者给他端上了牛排塔塔。他希望这道菜做得非常辣，非常辣，非常辣。

又过了几分钟，帕特里克的双唇已经被塔巴斯科辣酱油和辣椒粉灼得生疼了。原先放在盘子里的那一坨生肉和苹果条，也被他吞进了肚子里。

“这就对了，亲爱的。”他学着自己奶奶的声音说道，“这样你肚子里就垫了点硬货了。”

“说得对，奶奶。”他顺从地回应道，“就好像一发子弹，或者一根针，对吗，奶奶？”

“一发子弹，对极了。”他吞吞吐吐地咆哮道，“一根针！还有些啥？你一直都是个奇奇怪怪的男孩子。这样子是不会有任何好处的，你就记住我这句话吧，年轻人。”

噢，苍天啊，又开始了。这声音永远不会停歇下来。这种一人分饰两角的对话。这番根本不受控制，就从嘴里喷涌而出的那些可怕的话语，语速快得叫人听不真切。他又将玻璃杯中的红酒一饮而尽，那豪放的劲儿像极了阿拉伯的劳伦斯，彼得·奥图出演的那个版本。电影里面，男主人公在一次沙漠穿越之后口干舌燥，还擦了擦装着柠檬水的玻璃杯。“我们拿下了亚喀巴。[1]”帕特里克边说，边发狂似的凝视着面前的空气，娴熟地抖动着两边的眉毛，一挑一挑。

“您还想要来点甜点吗，先生？”

---

1 影片《阿拉伯的劳伦斯》中，彼得·奥图（Peter O'Toole，1932—2013）饰演的主人公所说的经典台词。

终于等来了一个实实在在的人，提了个实实在在的问题，虽然这是一个挺奇怪的问题。他又怎么会对甜点产生“想要”的感觉呢？那他是不是还必须在每周日都探望一下？或者给它寄张圣诞贺卡？还是要喂它吃东西呢？

“要的。”帕特里克说着，露出一丝狂野的微笑，“就给我来一个焦糖布丁好了。”

帕特里克凝视着玻璃杯。杯中红酒残留的痕迹明显开始渐渐铺陈开来了。真可惜，他刚才把酒一口气喝光了。没错，杯中的残酒开始铺陈开来了，就像一只原本握紧的拳头，慢慢张开。在掌心中央……在掌心中央，是什么东西？一枚红宝石？一粒葡萄？还是一块石头？也许他刚才的微笑，只是无力地掩盖了脑袋里来回翻滚的同一个念头，从而营造出某种交易进行得卓有成效的假象。桑普森·传奇爵士是所有为女性唱赞歌的追求者里面，忠厚老实的唯一一人。“让我牵起你的手，奥德，让我亲吻你的手；这温暖而纤细的玉手，一如……一如什么？奥德，一如你的另一只手。”此刻他脸上露出了一丝精确的笑容。比喻总无法尽得其意，真是悲剧。就像云雀心脏中的一块铅。就像空间中让人失望沮丧的曲线。就像时间的末日来临。

老天爷啊，他真的是喝得很醉了，但还醉得不够彻底。他把所有的酒都倒进肚子里了，但还是没能让他获得那种彻头彻尾的混沌感。就好像在路边翻了车，那么多年过去了，还被困在扭曲变形的废铁之中。他大声地叹了口气，把一切在一声嘟囔声中掐灭，脑袋向前探去，几近绝望。

焦糖布丁端上来了。他又狼吞虎咽地几口消灭光，就如同他对待其他食物的态度一样，渴望至极，又毫不耐烦。但现在，因为困倦和压抑，这种态度又显得愈发强烈。也正因为他吃东西时候的这股子猛劲儿，每一餐结束的时候，他都会陷入一种无话可说的哀伤状态之中。在接下来的几分钟里，他眼睛只能直勾勾盯着玻璃杯的底部；再然后，他又攒足了热情，要了一杯渣酿白兰地，顺便叫了买单。

帕特里克闭上眼睛，任由烟圈从口中飘浮而出，往上升腾碰到他的鼻子，然后又有新的烟圈脱口而出。这就是轮回的最佳状态吧。当然了，他现在去安推荐给他的那个派对还来得及，但他心里明白自己不会去的。为什么他老是在拒绝别人？拒绝参与，拒绝同意，拒绝原谅。等到过了那个点了，他就会想，我刚要是去了那个派对该多好啊。他瞥了一眼手表，这才九点半。时间点还没到，但要是真到了，拒绝就会被悔意取代。他甚至可以想见，要是在第一回失去了某个女生，他日后肯定会爱上她。

说到读书，也是同样的道理。什么时候他一本书也寻不见了，那种对于阅读欲求不满的感觉就会油然而生。再说回来，要是他事先料到这情况，随身带了本书出来——譬如今晚吧，他就顺手装了本《西西弗的神话》到大衣口袋里——这种情况下，他反而不必担心会心生阅读文学类作品的渴望了，这几乎是一定的。

在《西西弗的神话》之前，他在之前一年随身带的是《无名氏》[1]和《夜林》[2]；再往前追溯，他装进大衣口袋里的保留书目，是《黑暗的心》。多数时候他的驱动力，来自对于自身无知的恐惧感，或是征服一本难啃之书（有时甚至只是一段有开拓意义的文本）的决心，他就会从书柜上取下类似《朦胧的七种类型》[3]、《罗马帝国衰亡史》之类的书，最后发现这些书的开头几页都已经布满了蛛网，还有些他自己手书、模糊到难以辨认的注释。这些早年的“文化人”痕迹，让他得到些许欣慰，明白这些早年曾经翻阅的读物，自

---

1 爱尔兰小说家、剧作家萨缪尔·贝克特（Samuel Beckett，1906—1989）的小说作品，和此前出版的《莫洛瓦》、《马龙之死》组成三部曲。该三部曲代表了贝克特小说创作的最高成就，在主题上涉及对荒诞的存在以及人的本质的形而上的思考和探索。

2 美国小说家朱娜·巴恩斯（Djuna Barnes，1892—1982）的作品。该书开女性同性恋小说之先河，很好地将哥特式叙事风格与现代主义小说技巧结合，受到了包括 T. S. 艾略特在内多位文坛巨擘的推崇。

3 英国著名文学批评家、诗人威廉·燕卜荪（William Empson，1906—1984）的诗学论述，也是他的成名之作，侧重于对诗歌语言的分析。

己多少还是有一些印象的。但一想到自己忘性如此之大，他就不免惊慌失措。如果某种体验随时间如此彻底地与他剥离了，那这种体验的意义何在？所有往昔，都好似双手捧作杯状，其中盛满的水，又从他紧张的手指缝隙中流逝，无可挽回。

帕特里克站起身来，踱步穿过餐厅厚重的红色地毯，脑袋不时警觉地朝后张望，眼睛都快眯成一条缝，透过上下眼睫毛交织而成的网格，餐桌都变成了昏暗而模糊的一片。

他下了一个重要的决定。他要给皮埃尔打个电话，至于能不能捞到点好货色，就全凭命运安排了。要是皮埃尔睡着了，他就买不到海洛因了；但他要是还醒着，倒是值得去跑一趟，搞些够他今晚睡个好觉的就够了。顺便再给明天早上准备一些，这样他就不用病恹恹的了。

酒吧招待取下电话听筒，递到红木的柜台边，旁边还有一份机读目录[1]。5……5……5……1……7……2……6。帕特里克心跳加速，他突然感到警觉起来。

“我现在暂时没法和您通话，如果您方便可以留……”

帕特里克把电话用力啪的一声挂上。又他妈是电话答录

1 即机器可读目录，是一种利用计算机识读和处理的目录。其本质是文献编目内容（数据）经过计算机处理，以代码形式记载在一定载体上而形成的一种目录。

机。这才晚上十点啊，他这个点睡觉干什么？这真是让人横竖不能忍。他又拿起听筒，又拨了一遍刚才的号码。他该不该留条消息呢？跟一条精心设计的密码似的：“快起床啦，狗屎脸，我来弄货来啦。”

没人答应，一点希望也没有了。命运都已经发话了，他也只能接受最终的判罚。

屋外倒是挺暖和，有点出人意料。就算暖和，帕特里克还是把大衣口袋翻高立起，目光扫了一眼街上，看看有没有待载的出租车。

他很快就找到了一辆，走上街去，扬手招来。

“去皮埃尔酒店。”他边说，边爬进了车里。

第五章

到底用什么手段，才能彻底解放他自己呢？蔑视？强势？还是仇恨？这些东西都被玷污了，都是受他父亲的影响——想要彻底解放自己，他最该摆脱的是这个。只要稍微停顿下来半刻，悲伤的情感就油然而生。要是他父亲瘫痪在床、可怜巴巴的模样，没让他知道就好了。

自打和埃莉诺离婚之后，戴维·梅尔罗斯就一直住在法国南部，距离拉斯科特的那栋老房子只有十五英里的路。他的新房子里没有外墙窗，所有窗子都对着宅子中央那个杂草丛生的院子。在还能喘气的最后那段日子，他好几天都直躺在床上，眼睛直勾勾盯着天花板，都已经没力气穿过屋子，拿来一本《乔罗克斯远足续录》了。在那种绝望到暗无天日的环境下，也只有这本书能给他提提气儿了。

在他八岁还是九岁那年，帕特里克在被恐惧和高深莫测的忠诚感撕裂的年纪，去探望父亲的时候，那弥散于空气之中的沉默，终于在戴维表达求死欲望的那一刻被打破了。那样子，好像是准备下遗嘱了。

“我可能活不长了。”他叹了口气说，“我们下回再见一面就难咯。”

“不，爸爸，你别这么说。”帕特里克几乎在求他。

然后，他就会从父亲那儿听到些老生常谈的劝告——用心观察一切……不要轻信任何人……鄙视你的母亲……努力是一件粗俗的事情……十八世纪时的一切都比现在更好……

这些话，可能是他父亲在这世界上的最后宣言，也是他毕生智慧和经验精华的凝结，所以帕特里克在将这些想法铭记于心后，日复一日，都对这一套令人生厌的念头报之以超乎寻常的关注。但即便如此，帕特里克还是没能让他的父亲高兴太久，有充足说服力的证据可以证明这一点。但后来，也不免陷入了粗俗之中。就在信仰的最初一次跃进后，这套系统运行得很完美，就跟其他所有的系统一样完美。

如果他父亲最终能从床上爬起来，那事情可能会更糟。他们可能会一路散步到村子里，买点东西。他父亲穿着那件穿旧的绿色睡衣，一件纽扣上带锚的蓝色短大衣，戴着一副墨镜，镜腿儿接上了粗糙的细线，在脖子后绕一圈。父亲脚上穿着一双沉重的系带靴，那是当地开拖拉机的农民们最爱的一款。戴维还蓄起了雪白的小胡子，不管走到哪儿，都随身带着一只橘色的尼龙购物袋，袋子上的金色把手上已经锈迹斑斑了。有人把帕特里克当成戴维的孙子了，那一刻的羞辱和恐惧，外加拒人千里之外的自尊心。带着这些复杂的情感，他陪着父亲一道走进了村子里；而他身边的父亲，愈发变得脾气古怪、阴云不散。

“我就是想死……我就是想死……我就是想死。”帕特里克用很快的语速喃喃道。这让人完全不能接受。那个人原本是啥样子，他又怎么能假装得来呢。这时候，“快快”的药效又回来了，那清醒而强烈的情感，对他也是一种威胁。

他们朝着酒店越开越近，帕特里克必须得快点做个决定了。他向前探过身去，对司机说：“我改主意了，载我去第八街吧，就在 C 大道和 D 大道之间。”

开出租的中国佬透过后视镜瞅了他一眼，面露疑色。D 大道离皮埃尔酒店老鼻子远了。这都是什么人啊，突然就要求 180 度大转弯，开到另一头去？要么是吸毒上瘾，要么就是两眼一抹黑的外地游客。

“D 大道不是什么好地方。”司机想测测是不是后面那种情况，于是这么对他说。

“我现在就指着那儿呢。”帕特里克说，“你载我过去就好了。”

司机一踩油门开到了第五大道底头，错过了要回皮埃尔酒店必须转的那个弯。帕特里克又瘫坐回后排的座位上，心情激动，状态不佳，而且心怀忐忑，但他必须和往常一样粉饰这些情感，还要摆出一副懒洋洋、漠不关心的表情。

就算他改变了主意，那又是多大点事儿呢？灵活机动是一种很让人钦佩的品质。要说到戒毒这件事，恐怕没有人能比这帮人更加灵活机动了，也没有人能像他们那样，对于沾上这玩意儿保持如此开放的可能性。他现在还啥事儿都没做呢，还有时间反转刚才的决定，或是在反转之后再来一次反转。现在回酒店，还来得及。

出租车坠崖似的从上东区“落”到了下东区，从“肥嫩小牛肉”餐厅到街边便宜的杂货店，他不由得赞叹，在奢华敞亮和肮脏鄙陋的间隙中，一切居然能被排列得如此随心所欲，或者用个更精确的词，如此“势在必行”。

出租车渐渐驶近汤普金斯广场，从这里就开始进入有意思的街区了。有时帕特里克要买些货正巧碰上皮埃尔睡着了，在这种恼人的情况下，就得靠他在这条街上的联络人奇力·威利了。在帕特里克不遗余力努力吸毒的一生里，奇力总能拖他的后腿。他每次搞来的海洛因，量都刚刚好到让帕特里克还想再踅摸一点来。他总能腾出足够数量的口袋来，这样掏货的时候只要指头动动，不用搞大动作了。他说话总是尖声细气，从来不会大声嚷嚷。他走路总是操着古怪的小碎步，一条胳膊像是断了，麻木无感，挂下来垂在一边，活像隙缝风吹得凉飕飕的天花板上，翘起折出的一块板子。奇力提了提他那条脏兮兮、满是口袋的裤子，看着就生怕会从他的瘦腰上滑落下来。虽然肤色很黑，但奇力却面色苍白，脸上布满了褐色的雀斑。他嘴里大概还剩四五颗牙齿，像坚守阵地的英雄一般，还赖在牙床上面。那几颗牙要么是深黄色，要么就黑漆漆，破碎不全，稀稀拉拉。不管是当地住户还是过来买货的客人，一看到他就准能跟吸毒挂上钩。因为甭管日子过得多么不讲究，都很难想象有谁看上去像他那样皮包骨头。

出租车穿过了 C 大道，然后又一路驶到了第八街。在这里，他总算置身于这座城市最肮脏的屁股之中了，他有些得意地想。

“你想停哪儿？”那中国佬问他。

“我想买海洛因。”帕特里克说。

“海洛因？”司机又满脸慌张地重复了一遍。

“就是这个。”帕特里克又说，“这儿停吧，可以了。”

在角落里，带着通讯设备的波多黎各人像拳击手一样来回踱步，戴着大帽子的黑佬则倚着门廊站着。帕特里克把出租车的车窗玻璃摇下来，这些新朋友顿时从四面八方聚拢到车窗边来。

“内（你）要啥？内（你）在找啥？”

“透明带子……红色带子……黄色带子……你想要啥？”

“海洛因。”帕特里克说。

“去你丫的，你是警察局派来的吧。你就是警察吧。”

“不，我当然不是。我是英国人啊。”帕特里克抗议道。

“你先下车，哥们儿，你要在车上呆着我们啥也没法卖给你。”

“你在那儿等着。”帕特里克对司机吩咐了一下，然后下了出租车。有个毒贩子上前一把拽住他的胳膊，扭头就往角落里赶。

“我不往里面走啦。”帕特里克眼瞧着再走就要看不见出租车了，赶紧叫停。

“你要多少？”

“给我四袋子透明带。”帕特里克边说，边小心翼翼地抽出了两张二十美元的纸币。他把二十美元的纸币藏在左侧裤袋里，十美元的在右侧裤袋里，五元和一元的零钱全都搁在大衣口袋里。至于百元大钞，都还装在大衣内口袋的那只信封里。

之所以这样做，是为了不在旁人面前掏出一大摞现金来，这不是招人来抢么。

“我给你六袋，算五十美元怎么样。还多送你一袋呢。”

“不要，四袋就够了。”

帕特里克把那四个防油纸小袋装进口袋里，转过身去，重新爬上了出租车。

“我们现在该回酒店了吧。”那中国佬迫切地问道。

“先别，就继续在这街区附近晃悠一阵就行。载我去第六大道和 B 大道路口吧。”

“你烙（绕）着街区晃悠干什么？”司机低声念了句中国的骂人话，不过还是朝着帕特里克指的方向开过去了。

在搭车驶离这个街区之前，帕特里克先得验一验刚买到的海洛因成色如何。他撕开其中一袋，手心朝上，手背拱起，拇指收紧，形成一个凹面，然后把袋子里的粉末都倒了进去。他又用手指蘸了少量的粉末，凑近鼻子，一吸而尽。

哦，苍天啊！真是次品。他揉了揉自己刺痛的鼻子。操丫的，撸死你，捏爆你，臭狗屎，他妈的。

这袋里装的是精炼粉末和巴比妥类药物[1]，两者混到一块

1 巴比妥类药物是一类作用于中枢神经系统的镇静剂，作用范围从轻度镇静到完全麻醉不等，常被用作抗焦虑药、安眠药、抗痉挛药等，长期服用会导致成瘾。

儿是很危险的。精炼的粉末让这堆混合物带了些真切的苦涩感，而里面的巴比妥类药物则提供了有镇定作用的一记重击。当然了，这玩意儿并非毫无可取之处。就算一天吸上十袋子这玩意儿，你也不会上瘾。就算吸的时候被警察逮着了，他们也没法给你扣上携带海洛因的罪名。谢天谢地他刚没用注射的，不然精炼粉末的后燃效果能把他的静脉给烤糊了。他在这大街上一路扫货算个什么事呢？他肯定是疯了。他刚应该逮住那个奇力·威利，扭头把他送去洛瑞塔店里的。洛瑞塔给的那防油袋小包里，至少还有那么一丢丢海洛因掺在里面。

但就算是垃圾，他也不愿意轻易丢弃，除非他能弄到更好的玩意儿。这时候，出租车开到了第六大道和C大道的路口。

“就停这儿吧。”帕特里克说。

“停这儿我可不瞪（等）你啊。”司机忽然就恼怒万分，爆出一声大吼。

“哦，那好啊，滚你妈蛋吧。”帕特里克说着，甩了一张十美元的钞票到副驾座椅上，转身就下了车。他砰的一声把车门关上，朝着第七大道扬长而去。出租车开走的时候轧过马路牙子，发出一阵尖锐的声响。车一开走，帕特里克感觉周遭都安静下来，就连他踩在路面上的脚步声，听着都如铃铛般作响。就他一个人了。但也不用等多久。就在下一个街角，有一伙儿大概十二个左右的毒贩子，聚集在廉价杂货铺外头。

帕特里克放慢了脚步。毒贩子里有个人盯上了他，于是脱离大部队，沿着大街开始晃荡，步伐轻快而有力。那是个个子高得特别显眼的老黑，穿着件闪闪亮的红色夹克。

“你怎么样啊？”他招呼着帕特里克。这人脸上溜光水滑，颧骨高高凸起，双眼分得很开，就好像在他脸上慵懒地闲逛着。

“还行。”帕特里克说，“你怎么样啊？”

“我也还行。你在踅摸啥呢？”

“你带我去洛瑞塔店里行不？”

“洛瑞塔啊。”那老黑一脸不耐烦的样子。

“没错。”眼见他反应不咋积极，帕特里克有点热情受挫。他又摸了摸大衣口袋里的那本书，想象着自己像掏手枪一样把书掏出来，一枪把这老黑射杀倒地，子弹就是书里牛皮哄哄的第一句话。“眼下就一个真正的、严肃的、哲学的问题：这是自杀。”

“你要买多少？”毒贩子边问，边漫不经心地把手伸到背后去挠挠。

“差不多五十美元的货吧。”帕特里克说。

这时候大街另一头忽然传来一阵骚动声。他看到个半熟脸的家伙一瘸一拐着朝他走来，看起来有些焦躁不安。

“别黏着他，别黏着他！”新来的那家伙叫道。

这下帕特里克认出他来了：这家伙叫奇力，老是攥着自己的裤子。他走到帕特里克跟前，还是跛着个脚，上气不接下气。“别黏着他。”他又强调了一遍，“他是我的客户。”

高个子老黑笑了，面前好像演了一场滑稽戏。“我本来是打算黏着你的。”他边说，边得意地掏出一把小刀来对着帕特里克，“我可不知道你还楞（认）识奇力啊！”

“这世界可真小。”帕特里克懒洋洋地说。虽然面前这个男人试图对他宣称某种威胁，但他却觉得一切与他无关。有点不耐烦了，只想快快进入正题。

“说的没错。”高个子看起来更加热情洋溢了。他先把刀子收回去，又把手伸给了帕特里克。“我叫马克。”他说，“有任何需求，只管问马克。”

帕特里克跟他握了握手，回了个淡淡的微笑。“你好啊，奇力。”他说。

“你哪儿去了都？”奇力带着责备的语气问。

“哦，我去英国了。咱们去洛瑞塔店里吧。”

马克跟他们招招手告别，又吊儿郎当沿着大街继续晃荡了。帕特里克和奇力一块儿朝市里面出发了。

“也是个绝妙的人。”帕特里克慢条斯理地说，“他老是这样吗？头一回见面就捅别人刀子？”

“他是个坏人。”奇力说，“跟他身边混准没有好处。你干吗不直接来找我啊？”

“我找你了啊。”帕特里克撒了个谎，“但他肯定跟我说你不在附近啊。我猜，他大概是想腾出只手来，好捅我一刀吧。”

“是啊，跟你说他是个坏人了嘛。”奇力又说了句。

这俩走在第六大道的街角拐弯，刚拐过去，奇力就领着他走下了一短截通向地下室的楼梯，那是一幢荒废的、棕色石头垒成的建筑。奇力要领他去洛瑞塔店里了，而不是把他撇在街角，独自等待。帕特里克心里很满意，但是没做声。

地下室只有一扇门，用钢筋加固过，上面有一个黄铜把手，外加一个小的窥视镜。奇力按了按门铃，没过多久里面有个警觉的声音应门：“谁啊？”

“是我奇力。”

“要多少货？”

帕特里克递了五十美元给奇力。奇力点了点钱，握住黄铜把手开了道小缝，把钱塞了进去。门把手又很快锁上了，过了大概是很长一段时间，都没见人再开门。

“你打算分我一包的吧？”奇力两腿轮番蹬着地，问帕特里克。

“那当然了。”帕特里克摆出高大上的模样答应他。说着，从裤兜里掏出一张十美元的钞票来。

“谢了，哥们儿。”

这时候门把手又开了，帕特里克从门里扒出了大概有五小包东西。奇力自己留了一包，他俩又成就感满满地离开了那幢楼，欲望总算得到了满足。

“你那儿有啥干净玩意儿么？”帕特里克又问。

“我家那唠（老）婆娘倒是有些。要不你去我那儿走一趟？”

“谢了。”帕特里克答应了。奇力释放出信任与亲密的信号相互叠加，竟让他觉得有些受宠若惊。

奇力家在一幢被火烧得不成样的楼里，二楼，就一个房间。房间四壁都被烟熏黑了，楼梯晃晃悠悠的，空火柴盒、酒瓶子、牛皮纸袋子、角落里一堆一堆的积灰、脱发积成的团团丢得哪哪儿都是。整个房间里只有一件家具，那是一张芥末色的沙发，皮上布满了火烧的痕迹，一截弹簧从沙发正当中蹦了出来，活像一片淫荡的口条。

奇力·威利夫人——帕特里克自己也不知道这么称呼是不

是对头——他俩走进房间的时候，夫人正坐在沙发把手上。这娘们体格不小，比起她老公骨瘦如柴的模样，更显得虎背熊腰。

“嗨，奇力。”她那声音听着都快睡着了，很显然，她丈夫比她更需要提提神儿。

“嗨。”奇力说，“这是我哥们儿。”

“嗨，亲爱的。”

“你好啊。”帕特里克报以迷人的微笑。“奇力说你这边可能有多余的注射器？”

“可能有吧。”她的回答也很俏皮。

“是没用过的吗？”

“这个，严格说来不算没庸（用）过，但每回用完之后我都会烤一下，从里到歪（外）。”

帕特里克扬起了一边的眉毛，摆出副打死我也不信的表情。“肯定用得很钝了吧？”他又问。

她从那容积巨大的胸罩里扯出一捆厕纸来，然后小心翼翼地剥开了这个金贵的包裹。包裹正当中，躺着一个大到足够有威慑力的注射器，就算动物园的饲养员给大象打针，都要犹豫半天用不用这么大尺寸的。

“这哪儿是针筒啊，这是给自行车打气的气筒吧。”帕特里克抗议说，伸出手来。

这针筒是用来做肌肉注射的，所以那大长钉子粗得叫人害怕。帕特里克摘下针头上套着的绿色针套的时候，忍不住望了一眼里头残留的一串血迹。“哦，就这样吧。”他说，“这东西怎么算价钱？”

“给我两包吧。”奇力夫人开始催了，卖萌式地揉了揉鼻子。

这简直是漫天要价了，但帕特里克不是讨价还价的人，随手就丢了两包到她膝盖上。只要货好，他肯定是愿意多拿一些的。现在他要准备开始扎针了。他让奇力帮他借来一把勺子、一个香烟滤嘴。主屋里的灯都快灭了，奇力就请他去浴室凑合一下。说是浴室，其实里面根本没有浴缸；看着地上的黑色标记，帕特里克猜想原来可能是有一个的吧。浴室的灯泡外头没有灯罩，照射出黯淡的黄色光线。灯下面是一个几乎裂成渣渣的洗脸盆，还有一个老旧的马桶，坐垫都没了。

帕特里克朝勺子里滴了几滴水，又把勺子靠着洗脸盆的盆壁放好。他把剩下的三包东西拆开，心里琢磨着这里面到底是什么配置啊。奇力把洛瑞塔家的海洛因当饭吃，大概没谁会说他面色好，但起码他也没死了不是么。要是奇力他们两口子准备拿这玩意儿扎针的话，他想不到任何理由为啥不试一试。两口子在隔壁窃窃私语，帕特里克都听得到。奇力在念叨着“伤害”之类的词儿，想从他媳妇儿手里再偷出第二包来。帕特里克把那三包货都倒进勺子里，然后开始给溶剂加热。打火机里冒出的火焰舔舐着勺子的底部，底部的外壁早就烧得漆黑了。一看到勺子里的液体开始冒泡，他就切断火源，把沸腾着的液体又放了下来。他从香烟滤嘴外头撕下来薄薄的一圈，丢在勺子里蘸了蘸，把针头从注射器上取下来，然后用滤嘴把液体给吸上来。但是那针筒实在太粗了，要把液体吸上来四分之一英寸都难。

帕特里克把大衣和夹克都丢在地板上，卷起袖子，就着屋里昏暗的灯光，想在自己胳膊上辨认出静脉来。那昏暗的灯光，仿佛给屋里已然漆黑的每个物件，都刷上了一层猪肝色。还算幸运，他血管的纹路恰好形成一条棕色带紫色的脉络，他的静脉就仿佛是火药燃尽后，顺着他胳膊留下的那么一条印迹。

帕特里克把衬衫袖子卷起来，在袖肥处扎紧固定住，又把小臂上上下下来回甩了好几下，每一下都随之重复着拳头捏紧、松开的过程。他找到了方便扎针的静脉，虽然他对这几根静脉的粗暴对待让他多少感到不好意思。但比起绝大多数人，他的状况算是好多了。别人有时候要花上一小时时间找静脉，最后还是毫无把握试探性地扎上一针。

他拾起了注射器，把针尖对准血管纹路上最宽的那块，就在伤疤附近一点的地方。用这么长的一根针筒扎针，总是不免担心，针头会把整条静脉都刺穿，穿过肌肉，从小臂的那一侧探出头来。想想都会疼。想到这儿，他扎针的时候选取了一个相对低一些的角度。就在这关键时刻，注射器突然从他手里滑落，掉到地板上一块潮湿的修补之处，就在马桶旁边。刚发生的一切都让他难以置信。他感到一阵眩晕，夹杂着恐惧与失望。就是有人合谋，让他今天偏偏不得尽兴。他俯身倚过去，带着近乎绝望的渴望，从地板上那块湿哒哒的修补块上拾起了刚才的杰作。还好针筒没有摔碎了，真是谢天谢地。眼见一切都安然无恙，他拿针筒在裤管上擦擦干净。

一直到现在，他的心都在怦怦直跳，五脏六腑都处在兴奋的状态，这是种恐惧和欲望杂糅的状态。每次给自己扎针之前，都会有这种感觉。他终于把那钝得让人蛋疼的针头刺进了皮下。奇迹中的奇迹啊，那一刻他以为自己看了凝成球状的血滴被倒吸回注射器里。这种笨头笨脑的玩意儿，他一刻也不想在上头浪费时间了。他把大拇指按在活塞头上，猛推一把直接到底。

一阵剧烈的、令人恐惧的肿胀感侵袭了帕特里克，他瞬间就意识到，针头扎进去后滑出了静脉，把针管里的试剂注射到皮下去了。

“妈蛋！”他吼了起来。

奇力听到声音，拖着脚走进来。“出什么事儿了，哥们儿？”

“扎歪了。”帕特里克紧咬着牙齿说着，伸出刚被扎伤的胳膊，手掌搭在一侧的肩膀上。

“没事吧，兄弟。”奇力低沉嘶哑的声音里透着同情。

“我能给你提个建议吗，花钱去买一个亮一点的灯泡好不好？”帕特里克的语气有些浮夸了。他正一手托着受伤的胳膊，好像断了似的。

“你应盖（该）用手电筒的啊。”奇力边说，边给自己挠痒痒。

“哦，那还谢谢你告诉我了。”帕特里克厉声答道。

“你想不想回那边去，再整些好货啊？”奇力问。

“不了。”帕特里克草草地拒绝了，又穿上了大衣。“我要走了。”

一直到回到街上那一刻，帕特里克才开始纳闷，刚才为啥没答应奇力呢。“冷静，冷静。”他觉得累坏了，但是挫败感太强，所以睡不着。已经深夜十一点半了，皮埃尔这时候可能醒了吧？他还是先回酒店去为好。

帕特里克扬招了一辆出租车。

“你在这附近住吗？”司机问。

“不是，我想要整点好货。”帕特里克叹了口气，说着把那一袋子的精炼粉末和巴比妥类药物的混合物丢出了窗户外面。

“你想要买货啊？”

“没错啊。”帕特里克还在叹气。

“妈——蛋，我知道有个地儿比这里地道多了。”

“真的吗？”帕特里克的耳朵一下竖了起来。

“对啊，在南布朗克斯那块儿。”

“好啊，那咱走吧。”

“得嘞。”司机大笑一声。

至少这位出租车司机还能帮上点事儿。像这样管用的经验，让帕特里克的心情一下子好了起来。也许他应该写封感谢信寄到黄色出租车公司去。“敬爱的领导。”帕特里克用几乎听不到的声音低语道，“谨此向贵公司的一位年轻司机师傅——杰弗森·E.帕克致以最高表扬，以表彰其热情周到和文明礼貌的服务。在甲乙城一次毫无收获，而且我说得再直白一点，让我恼怒万分的跋涉之后，这位游侠骑士，这位，如果您能允许我这样措辞的话，杰弗森·南丁格尔，将我从这种令人生厌的精神困境中解救出来，带我到南布朗克斯去倒腾了不少好货。谨希望贵司的司机师傅能展现出与他一致的、旧时所倡导的服务精神。此致敬礼，什么什么的，梅尔罗斯上校。”

帕特里克笑了笑。一切都尽在掌握之中。他顿感兴高采烈，近乎轻佻。看过《布朗克斯勇士》[1]这部片子的人，可能对布朗克斯这地方心存点忧虑。这片子从头到尾都是肮脏货色，可别把这片子跟那部摄影精美，命名也更加简单、更加笼统的动作片《勇士》[2]给混淆起来——但是帕特里克却感觉百毒不侵。这边的人可能会拿刀子对着他，但是他们不敢碰他的。要是他们敢，他也不会去他们那边了。

出租车加速驶过了一座桥，这儿帕特里克从来没穿过过。这时候杰弗森微微转过头来，对他说：“我们过一会儿就要到布朗克斯了。”

“我是应该在车里，对不对？”帕特里克问。

“要我说你最好在车底。”杰弗森笑着说，“他们这边人

1 全名《1990：布朗克斯勇士》，是意大利导演恩佐·卡斯提拉里1982年拍摄的一部电影。该片幻想了1990年纽约布朗克斯区成为“无人区”、“法外之地”后，骑摩托车的游侠们统治这一地区的故事。

2 影史上叫做《勇士》的电影有很多。按照本书中情节发生的时间，此处最有可能指的是美国导演沃尔特·希尔1979年拍摄的电影《勇士》。该片讲述了一伙纽约暴徒在一桩涉及黑帮大佬的谋杀案中被栽赃后，从布朗克斯区逃至布鲁克林康尼岛的故事。

可不太喜欢看见白人。”

“躺在车底？”

“对，反正看不见你就成了。要是看见了，他们把车窗砸了都说不定。妈——蛋，我可不想我的车窗被砸了啊。”

经过大桥之后又开了几个街区，杰弗森把车停在路边。帕特里克背部紧挨着车门，在座位前的橡胶坐垫上坐定下来。

“你要买多少？”杰弗森胳膊撑着座椅凑近过来问道。

“哦，买五袋就行了，剩下的你自己买点啥吧。”帕特里克说着，递了七十美元的现金给他。

“谢了啊。”杰弗森说，“现在我要锁门了。你留心别让人瞧见，明白不？”

“得嘞。”帕特里克答应着，又把身子再往下滑了点，几乎要在坐垫上把自己全身撑开了。只听得所有车门的螺栓全都滑到锁定的位置了，帕特里克又左右蠕动了好一会儿，终于找到了个舒服的体位，像个婴儿似的蜷曲起来，头枕在中央隆起的地方。片刻过后，却又发现髋骨顶得他的肝生疼，他感觉就像包在大衣里给缠住了，非常无助。他又朝着自己正前方扭动几下，把头枕在自己手上，直盯着橡胶地毯上的一条条凹槽。躺在这位置，可以闻到非常浓烈的汽油味。“这让你换了一个全新的角度窥探生活啊。”帕特里克模仿电视里家庭主妇的语调说道。

简直不能忍，一切都不能忍。他总是让自己陷入这种尴尬境地之中，最后总是和人生中的失败者、渣滓，还有奇力·威利这种货色混在一块儿。即便是上学那会儿，每周二和周四的下午，当其他男生都各自组队，参加各类比赛时，他却被遣送到偏僻的操场上，跟各式各类运动机能不全的家伙厮混。那群人里有脸色苍白、多愁善感的音乐家、胖到令人绝望的希腊男孩，还有一帮看谁都不顺眼、嘴里叼着香烟的小愤青，他们觉得体育锻炼是一件弱爆了的事儿。这帮人生来就不是练体育的料子，作为惩罚，这帮孩子被强迫绕着一个野战训练场跑圈。皮奇先生是掌管整个场地的人，他是个好色的家伙，总是一副亢奋的模样。每逢课程开始的时候，看见这帮男孩子因为近视而撞成一团，或是没精打采地蹒跚摇摆，或是绕着墙壁跑来达到钻制度空子的目的，这人就会在一旁激动得发抖，一看就没怀好心。当那帮希腊男孩跌进水塘溅起一堆泥点子时，当那帮研究音乐的学究眼镜从鼻子上滑落时，当那帮良知反对者又在发表愤世嫉俗的言论时，皮奇先生就会在他们一旁狂奔乱跑，冲他们吼着骂人话，说他们是“生在福中不知福”。要是条件允许的话，还会冲他们的屁股猛踢一脚。

外面到底发生了什么扯淡事情？杰弗森是不是打算去叫来

一帮朋友，人多势众好揍他一顿？还是杰弗森自己去“觅食”结果吸得欲仙欲死，最后把他丢在这儿啦？

是这样吧，帕特里克的思绪在这两种可能中一刻不停地切换着。自打出来闯荡，他啥收获也没有，除了失败。他在十九岁那年在巴黎生活，让他沾上这玩意儿的人叫吉姆，澳大利亚人，是个在逃的海洛因走私贩子；还有个叫西蒙的美国老黑，银行劫匪，刚放出号子来没多久。他还记得，自己第一回在小臂那丛厚厚的、橘黄色的汗毛里找静脉扎针的时候，吉姆跟他说：“澳大利亚的春天可漂亮了，哥们儿。到处都有小羊羔在蹦跶。你都能瞧出来，那是一副‘活着可真好啊’的情绪。”帕特里克把活塞一推到底的时候，脸上带着一副异想天开的表情。

帕特里克正在取现的时候，西蒙差点就抢了一家银行。但在警察朝他齐发好几枪之后，他终于还是被迫缴械了。“我可不想被子弹打成筛子。”他是这么解释的。

谢天谢地，帕特里克终于听到有人在开车门锁了。

“我买到啦。”杰弗森嗄声说。“棒棒的。”帕特里克说着就坐了起来。

开车载帕特里克回酒店这一路，杰弗森看起来兴致很高，而且非常放松。自己吸了三大包之后，帕特里克就明白杰弗森为啥这状态了。这回买到的，好歹是面粉里掺了一小撮的海洛因。

跟杰弗森道别的时候，帕特里克感受到一丝真切的暖意，那是两个人充分地剥削利用完彼此之后，才会有的感觉。终于回到了酒店房间，帕特里克四仰八叉地躺倒在床上，突然意识到，要是把剩下两包也吸完，再把电视机打开的话，他可能很快就能睡着了。从沾上海洛因的第一刻起，他就能想见以后都离不开这玩意儿了；没有海洛因的日子里，他只会渴望得到更多。此刻他只是想验证一下，自己一整晚经历的麻烦，是不是毫无必要的瞎折腾，于是他拨通了皮埃尔的电话。

电话接通但还没人接的那会儿，他又开始思忖，妨碍他实施自杀计划的到底是什么？是不是诸如多愁善感，诸如希望，或者诸如自恋这样他所鄙夷的东西？都不是，真正的答案是，他迫切想知道未来会发生些什么。虽然他自己也确信，肯定是糟糕透顶的事儿：凡事都有的悬念叙事吧。

“哈啰。”

“皮埃尔！”

“你斯（是）谁啊？”

“帕特里克啊。”

“你想要点啥？”

“我来你这儿再说好吗？”

“没问题。过来要多久？”

“二十分钟吧。”

“好嘞。”

帕特里克扬起拳头，比出一个胜利的手势，然后飞也似的夺门而去。

第六章

“皮埃尔！”

“你好吗？”皮埃尔说着，从他那张皮革制的办公沙发上一跃而起。他鼻子瘦削，颧骨很高，下颌前突，脸上焦干、黄蜡的皮肤绷得比平常人还要紧。他上前跟帕特里克握了握手，那双灯笼眼目不转睛地盯着他。

房间里弥散着腐臭的气息，让帕特里克一下就想起许久不谋面的恋人身上的芬芳。咖啡杯倒在燕麦色上的地毯上，那打翻的咖啡溅飞的污渍，像文身一般附着在熟悉的地方。他还看到了一幅熟悉的画，几颗被砍下的头颅飘浮在零星几块七巧板上方，那是皮埃尔用一支精致的钢笔，用可爱的线条绘就的。看到这画面，帕特里克露出了微笑。

“能再见到你真是让人欣慰啊！”他大声说，“我都没法告诉你外头经历了一场怎样的噩梦。我把整条街都打败了。”

“你把整条街都打败了！”帕特里克又大喝一声，听起来并不赞同，“你他妈是疯了吧！”

“但你刚才睡着了啊。”

“你是要喝几大口自来水吗？”

“是啊。”帕特里克倒是坦白，带着点愧疚。

“你这个疯子。”皮埃尔怒目圆瞪，“进来这边，我来拿给你。”

他穿过皮埃尔家肮脏、狭窄的厨房，站在那台巨大的老式冰箱面前，打开门，取出一大罐子水来。

“这可是自来水啊。”皮埃尔看着苗头不对，一把夺过了罐子，“这水是我一个月前灌的了，瞧瞧现在……”他手指着罐子底部一团弥散开的棕色沉淀物。“生锈了都。”他说，“这可他妈是健康杀手啊！我有个朋友就是因为牛饮了自来水，水里的铁锈进了他的血管里，然后进了心脏里……”皮埃尔徒手把眼前的空气劈了几道，说，“咔嚓一下：心脏就停啦！”

“真是耸人听闻。”帕特里克嘟囔道，寻思着他俩什么时候能开始进入正题。

“这水是山里运来的。”皮埃尔说着，又坐回了他那张旋转座椅上，拿起一根细到让人嫉妒的注射器，把玻璃杯里的水吸了进来，“但水管子生锈了。”

“能活着就挺幸运了。”帕特里克这话说得自己也没底气，“从现在开始，这玩意儿就是矿泉水了。我向你保证。”

“这就是大城市啊。”皮埃尔一脸阴郁，“他们把钱省下来买新的管子。他们杀了我的朋友。你到底想要啥啊？”他边说，边打开一个袋子，用剃须刀片的边缘挑出些白色粉末来，装进了一个勺子里。

“呜……一克海洛因。”帕特里克语气轻松地说，“加上七克可卡因。”

“海洛因六百美元。可卡因我可以给你打个折：原价是一百二十美元一克，你要就一百一克拿去。算一块儿：一千三百美元吧。”

帕特里克把橘红色的信封从口袋里提溜出来，皮埃尔又堆了一小撮白色粉末到勺子里，搅拌几下，像个假装砌水泥的孩子那样，皱了皱眉。

刚数到九张还是十张啊？帕特里克又开始重新数数了。数到十三张的时候，他把所有钞票拢在一起敲了两下，就好像刚洗好的牌一样，扔到皮埃尔那一侧的镜子边，那沓子钱以一种夸张的形态散开了。帕特里克在袖肥处拴上了一截橡胶管，用牙咬着系紧了。帕特里克很满意地看到，他胳膊上的凹陷处，还有个锥形火山式的地方供他扎针。

帕特里克的瞳孔放大了好一会儿，然后又收缩起来，就像一只海葵捕食时的嘴巴。

“好了。”他用嘶哑的嗓子说，想要摆出一副啥事儿也没有的模样，但听那声儿还是有抑制不住的喜悦。“你要什么，我就给你什么。”他又把注射器里灌满，把液体全都滋进了玻璃杯里，第二杯粉红色的水里。

帕特里克在裤管上把湿哒哒的手揩了揩。此刻他的耐性就像心脏快要爆裂一般，而能让他耐住性子的，只有眼下这场棘手的谈判了。

“你还有多余的注射器吗？”他问。说到注射器，皮埃尔可能会刁难人。这东西到底价值几何，全取决于他手里还有多少存货。虽然在帕特里克消费满一千美元的情况下，皮埃尔总愿意绅士地提供额外帮助，但也得防着有这样的危险，皮埃尔会基于自己的预设，来一番义愤填膺的演讲。

“我送你两个吧。”皮埃尔的回答带着些江湖气的慷慨。

“两个！”帕特里克大喝一声，就仿佛看到了一件圣髑，隔着外头的玻璃罩冲着他招手呢。皮埃尔又掏出一架颜色惨绿的天平，根据约定的数目称好了相应的分量，然后按克数分包装起来，这样帕特里克在嗑药时候，能清楚地控制自己的剂量。

“你永远是那么体贴，那么大方。”帕特里克嘟囔说。皮埃尔又顺着布满灰尘的镜面，把那两支珍贵的注射器递到了帕特里克手里。

“我再给你接点水吧。”皮埃尔说。

也许他刚才往“快球”里掺的海洛因剂量超过了平常的量。要不然，如何解释这一番叫人不甚习惯的善意呢?

“谢了。”帕特里克说着，着急忙慌地让大衣从身上脱落，再把夹克衫的袖子卷起来。苍天啊！刚在奇力家扎针扎歪的那地方，皮肤上惊现一处黑色的肿块。他还是别让皮埃尔看见为好，毕竟这东西象征着他的无能和绝望。皮埃尔可是个道德意识很强的人。帕特里克又把左边袖子垂下来，松开了右边袖子的袖口链扣，再把袖子卷起来。在扎针这项活动中，他倒是真的可以左右手灵活使用的。这时皮埃尔回来了，手里拿着两个玻璃杯，一个装满水，一个是空的，还有一个勺子。

帕特里克取出一包可卡因打开。银光闪闪的白色包装纸上，印着一头浅蓝色的北极熊。和皮埃尔不一样，帕特里克更喜欢吸不掺其他东西的纯可卡因，一直吸到那紧张和恐惧的感觉让自己难以自持为止。那之后，他又会请出海洛因这个“禁卫军”，将他从疯癫和挫败的痛感中解决出来。他把装毒品的袋子搁在一个漏斗上，轻轻地敲了几下。可卡因呈小颗粒状从纸袋子那狭小的缝隙中滚落下来，掉进勺子里。这点量用作第一次注射，并不算多，也并不算少。他最不能忍受的就是那种水太多、料太少，稀稀拉拉的一针。所以他继续敲一点下来。

“你最近怎么样？”皮埃尔问。他的语速很快，问完整句话好像就念了一个单词的时间。

“是这样，我爸前几天死了，所以……”帕特里克也不确定怎么回答这个问题。他瞧了瞧手里的纸袋子，又下手干脆地敲了一下，又有一小堆粉末急匆匆地滚落下来，掉进勺子里本有的那一小堆里面。“所以啊，现在我自己也有点搞不清状况。”他这就打住了。

“他是什么样一个人，你爸？”

“他像个小猫一样乖巧。”他换了一副叙事诗般的咏叹调开始说，“他还有一双艺术家的手。”说到这时，倒入勺里的水仿佛化作了琼浆，继而又溶解成了一股清澈的试剂。“他本来可以当英国首相的。”他又补充了一句。

“他是从政的吗？”皮埃尔问着，双眼开始凝视。

“不是，不是。”帕特里克答道，“我刚这是说笑话呢。在他自己的世界里——一个纯粹由想象构成的世界——与其说他就是首相，还不如说他本来可以当首相：这样更能凸显他那粗俗的野心。”帕特里克正推动活塞，把注射器里的液体滋到勺子的内壁上，突然听到一声微弱的、金属质感的电话铃声。

“他去世了，你难过吗?”皮埃尔问得很干练。

“不难过，一点也不难过。要是他活着我才难过呢。”

“但没有他的话，又哪来的你呢?”

“在这些事情上，还是不要那么自我中心主义了吧。”

他右臂上的伤疤相对少一些。在小臂上有几处烟渍颜色的擦伤，让整条胳膊都看着黄蜡蜡的。主静脉的正中靶心处，周边布满了褪色的粉红色针眼。他把针头抬高，任几滴液体从针眼溢出滴下来。他的肚子已经开始咕咕直叫唤了，紧张和激动之情陡生，就像一个十二岁的小男孩坐在昏暗的电影播放厅后排，此生头一遭把胳膊搭在女生肩上的那种感觉。

他把针头对准了一个之前就有的针眼正中心，一下刺入了皮下，几乎没有痛感。一股鲜血涌出，回流到针筒里来回打转，在密闭空间中生出一团蘑菇云，在清澈、苦涩的水中闪出亮晶晶的红色。谢天谢地，他总算找准一根静脉了。他心跳加速，就好像一艘战舰要驶向战场的前一刻擂起的隆隆战鼓。他用两指紧紧地把注射器夹牢，不紧不慢地把活塞推下去。只见针筒里的血柱从哪儿来，又被推回了哪儿，就好像一场倒放的电影。

就在毒品的劲头上来之前，可卡因那让他心潮澎湃的芬芳气息钻进了鼻孔里。又过了几秒钟，随着一阵预设好时间的爆发，无数冰冷的、呈几何形状的花朵在他身体里处处绽放，霎时铺满了他身体内壁的每一方寸。再也没有比这更让人快活的事儿了。几乎要在愉悦中溺死，要被爱情噎死之时，他朝前弓起身子，把注射器重重地丢在玻璃桌上。他必须得赶在针筒里的血液凝固之前，把整套装备拿水冲干净，但他不可能现在就站起身做这事儿。此刻感官的体验太强烈了，耳畔的声音都扭曲、放大了，就像一架即将着陆的喷气机发出的呼啸声响。

帕特里克后仰着坐下，闭上双眼，猛地伸出舌头来，就像个期待亲吻的孩童。他的前额早就渗出了豆大的汗珠，而腋窝里每一秒都有汗往下滴，就像拧不紧的水龙头一样。

对于帕特里克的处境，皮埃尔明白得一清二楚，所以也坚决反对他显失平衡的策略，也反对他没把注射器里的针剂打完就拔出来这种不负责任的行为。他把注射器捡了起来，充满了水，这样内部的机械就不会堵上了。帕特里克觉察到周遭有动静，然后睁开双眼耳语道："谢谢你啊。"

"你应该混着点海洛因一块儿吸进去的。"皮埃尔的语气透着责备，"这是药啊，哥们儿，这是药啊！"

"我就喜欢这种飞流直下的感觉。"

"但是你打得也太多了啊，你都失控了。"

帕特里克坐起身来，突然聚精会神地盯着皮埃尔说："我从来不会失控。我只是在测试我的极限罢了。”

“胡说八道。”皮埃尔应道，显然没吃他这一套。

“你说的当然都对。”帕特里克笑了，“但你知不知道那种近乎临界状态，却又坚持不坠落的感觉？”他们俩彼此之间一直很有默契，帕特里克还指望他能明白这一点。

“我知道那是啥感觉。”皮埃尔的回答听着尖利刺耳，但是双眼中恰似有热情灼烧般明亮。“八年了，我一直觉得自己就是一只鸡蛋。但是我对自己能完全掌控，完全掌控。”

“我记得。”帕特里克的语气舒缓了许多。

那股子劲儿已经过去了，他就像一个跟惊涛拍岸、波光粼粼的大海刚搏斗完的冲浪者，终于从刚才的恶战中抽身而退，在残余的波浪间平稳登陆。在开启无尽的不安情绪之前，他的思绪还像一片散沙。这波注射完之后才几分钟，他就开始痛心疾首地怀念起刚才那一阵危险的愉悦，虽然劲头已经慢慢淡去了。他的翅膀仿佛在强光的灼烧下融化，折翼的他感觉瞬间坠落，落进一片让人不能自已的失望之海。在这种感觉的促使下，他又拾起了注射器，一把将余下的溶液注入体内。虽然双手还在瑟瑟发抖，也不妨碍他立刻准备起下一发来。

“你是不是觉得，衡量一个人变态与否的标准，得看他反复发作的迫切感，以及欲求不满的饥渴度？”他问皮埃尔。

“我父亲要是在身边就好了，他能回答这个问题。”他补了一句，挺虔诚的。

“为什么？他也是个瘾君子吗？”

“不是，不是的……”帕特里克说。他还想再解释一句“刚那句算是个玩笑”，最后还是忍住没说。“你爸是怎么样一个人啊？”他着急转了话题，生怕皮埃尔就刚才那番话刨根问底下去。

“他是个公务员。”皮埃尔带着轻蔑的口吻说，“每天就是地铁、工作、睡觉三点一线。他最快乐的时光，可能就是服兵役那会儿吧。最骄傲的时刻，可能就是部长先生表扬他的时候，具体为啥也没说。你能想象吗？每次有人上我们家做客，当然这样的机会也不是很多啦，我爸对客人讲的都是同样的故事。”帕特里克听着把背挺直了一下，露出沾沾自喜的微笑，然后伸出手指头绕了绕。“‘然后部长先生对我说，你刚刚一句话都没有说，这样做就对了。’每次他又在提当年之勇的时候，我就从房间里溜出去了。我真是听得快吐了，真觉得恶心透了。”

“那你妈妈呢？”帕特里克问道。眼见皮埃尔的注意力已经从自己的爸妈的这个话题上转移了，帕特里克觉得挺高兴。

“一个女人如果毫无母性，那应该管她叫什么？”皮埃尔厉声问道，“不就是一件长了俩乳房的家具吗？”

“有道理。”帕特里克边说，边把新的溶液吸进注射器里。听取了皮埃尔的嗑药建议，他也决定做些妥协。他放弃了再注射一发可卡因的念头，虽然这样冷飕飕的一射会开启一段宁静的时光；他决定先来点海洛因。

“这些事情你都丢到脑后才行。”皮埃尔说，“父母啊，诸如此类的破事儿。你得重新发明自己，让自己变成一个独立的个体。”

“言之有理。”帕特里克嘴上答应，心里明白还是别追着皮埃尔的理论辩个不停才是。

“美国佬，就他们喜欢一天到晚把独立人格这种事儿挂在嘴上。但他们自己也不明白这是啥，除非所有人在同一时间都达成统一的认识。我那些美国来的客户，每次都跟我聊什么独立个性，说着说着就他妈能把我惹毛。但他们都是这么干的啊，一模一样。现在我一个美国客户都没有了。”

“大家都觉得自己是独立的个体，因为他们说‘我’这个词说得很频繁啊。”帕特里克也品头论足一番。

“哪天我要是死在医院里了。”皮埃尔说，“我的意识肯定清醒得不能再清醒。我什么都知道，哥们儿，真的是**什么都知道**。断了气之后，从社会学和心理学层面人家会给你贴上什么‘精神分裂’、‘偏执狂’，或者‘二等公民’、‘三等公民’之类的标签，我从来都不当回事儿。这帮人真是啥都不懂。他们以为自己对人类的思维了若指掌，但其实一无所知，一无所知。”皮埃尔对着帕特里克怒目圆睁，情绪激动，“这不就像让鼹鼠来掌管航天项目吗？”他冷笑一声。

帕特里克干笑了一声。他已经不听皮埃尔说话了，开始找一条静脉出来。看到一团鲜血把暗红的颜色打在针筒上时，他看准了就猛扎进去，然后把针头拔出来，这一发可以说是恰到好处。

海洛因的猛劲儿和顺滑感，不由让他叹服。他浑身的血液就像装满了硬币的袋子一样，变得沉甸甸的；让他庆幸的是，灵魂终于又能下沉回到自己的躯壳里了。把可卡因像弹弓那样赶得远远的之后，他自己又融化成一个单一物质了。

“一点没错。”他轻声应和道，“就像鼹鼠……苍天啊，这海洛因货很正啊。”他闭上双眼，一副意犹未尽的模样。

“货很纯。”皮埃尔说，“你可得当心了，这玩意儿后劲很足啊。”

“唔，我感觉到了。”

“这是有配方的啊，哥们儿，有配方的。”

“好吧，现在我一点事儿没有了。”帕特里克轻声说，脸上挂着一丝私密的微笑。一切都将很快回到正轨。就像在狂风骤雨的寒夜，端坐在炭火前取暖。雨水拍打在窗玻璃上丁零当啷作响，却没法把他打湿半分。烟幕汇成一道道光束，烟幕射进华光璀璨的池塘融为一体。在一丝慵懒的幻想边缘，是思想在熠熠生辉。

他又挠了挠鼻子，张开了眼睛。没错，有了海洛因打下了扎实底子，他这一整晚都可以高调地狂嗑可卡因，也不用担心裂得粉身碎骨了。

但是他还得有一份私密空间才行。淘到了那么正的货，孤独不光是可以忍受的，甚至应该说是必不可少的。“这玩意儿比波斯人的海洛因还要细腻。”他撕扯着嗓子说，“一道温柔的、内敛的曲线……就好像，就好像是一块抛过光的乌龟壳。”他又把眼睛闭上了。

“这是全世界劲儿最猛的海洛因。”皮埃尔干脆地说。

“是啊。”帕特里克慢条斯理地说，“烦死个人了，在英国哪里搞得到这种货色啊？”

“你应该过来，在这里长住。”

“好主意。”帕特里克语气都变得乖巧了，“哦对了，现在几点了。”

“一点四十七分。”

“苍天啊，我是该睡觉去了。”帕特里克说着小心翼翼地把注射器放回衣服内口袋里。“能再见到你真是太棒了。过不了多久你又能找到我的。”

“没问题。”皮埃尔说，“我今晚不打算睡了。明天白天，明天晚上，也都醒着。”

“完美。”帕特里克点点头说。

他穿上夹克衫，又把大衣套上。皮埃尔站起身来，摘下了那四副安全锁，打开大门，目送帕特里克走了出去。

第七章

帕特里克又一下瘫倒坐回了椅子里。郁于胸中的紧张情绪烟消云散。在那一刹那，他感觉分外宁静。但是没多久，一个崭新的角色又钻进了他的身子里，让他不自觉地把双肩后翻，肚子冲前，然后又跟发作似的开始了模仿表演，他自己也管不了。

胖先生（把椅子往后推了推，好让自己硕大的肚子不那么挤得慌）：“我觉得我不讲不行了，先生，当真是这么觉得的。不讲不行啊，先生，算是一种委婉的表达吧，毕竟这件事里面我也是有点责任的。我的故事很简单，讲的是一个男人虽然爱得深沉，但爱得并不明智。”（说到这儿，他擦掉了眼角的几抹眼泪。）“这个男人吃东西不是为了贪婪，而是为了激情。吃东西啊，先生——这一点我并不打算遮遮掩掩——我活着就是为了吃。我这副行将就木的垂老身躯底下，蜷曲着这世间最精致的菜品所残存的痕迹。当马匹在我硕大的身躯之下倒下，四条腿碎成渣渣，浑身的血都回流到肺里面，我也被逼着不再做无谓的挣扎，在摩托车的座椅和方向盘之间乖乖束手。我不禁沉思，我的体重是‘赢来’的，而不光光是‘添上’的，也只有用这一点来安慰我自己了。一般来说，我都是去雷班或者雷波餐馆吃饭的，但有时候也会光顾基多或者喀土穆。当那帮面目狰狞的亚诺玛米人[1]给我端上来一盘人肉，我也就不故作矜持啦，接连让他们又给我上了三盘。没错，一点都不矜持，先生。”（露出了欲求不满的笑容。）

南妮（一副气鼓鼓的样子）：“真的是人肉啊！下面还有些什么？你真是个怪咖男孩啊。”

“滚，闭嘴吧。”帕特里克边步行着穿过已然褪色的墨绿地毯，突然猛一下回头，默不作声地尖叫一声。

加里（仰头望着天空，轻轻地报以一声迷人的叹息）：“我名叫加里，今晚很荣幸为您服务。今晚的特别推荐菜式包括盘装人肉、不含钠的哥伦比亚可卡因冰晶，作为底衬的是一丛名叫‘野生婴儿’的中式白色海洛因。”

彼得·波洛克：“你们这儿有霍维斯小麦面粉吗？”

波洛克夫人：“对啊，我们想要来点霍维斯。”

---

1 聚居在巴西和委内瑞拉边境亚马孙雨林中的一个部族，以个子矮小，离群索居闻名，目前存世大约35000人。亚诺玛米人生性凶猛好战，有“凶残武士”之称。

霍维斯画外音（配上英剧《加冕街》[1]的主题曲作为背景音）：“我年轻时候那可是好日子。我就在毒贩子身边兜兜转转，买个暗（半）盎司可卡因，再加四额（克）海洛因，然后再点一轮贝瑞兄弟的香槟酒，从蜜拉贝儿那儿带个小姐姐出来，兜里还有一法新的零钱。那可真是好日子啊。”

他已经不受控制了，这很危险。每一点想法，或者说想法的苗头，所呈现出的人格特征，都要比他本人来得浓烈得多。“求你了，求你了，求你歇停会儿吧。”帕特里克喃喃着，一边坐起身来在房间里来回踱步。

嘲笑的回音：“求你了，求你了，求你歇停会儿吧。”

南妮：“关于贵族我了解一些，还有他们那些肮脏的手段。”

没精打采的夯泼：“你说的肮脏手段是啥，南妮？”

奶奶：“哦，可别想，奶奶出了学校就不会讲故事了。我的嘴巴给缝上了。戴德伍德女士又会想些啥呢？滚动的石头不会生苔藓，你就记住我说的话好了。你真是个怪咖男孩啊。”

盖辛顿太太：“这里谁是管事儿的？我要跟你们经理说两句，现在马上。”

1 英国独立电视台在1960年推出的电视剧，主要讲述了劳工阶级日常生活中的喜怒哀乐，迄今已经播出近9800集，被吉尼斯世界纪录认证为全世界播出时间最长的电视剧。

麦考伊博士：“这就是人生啊，吉姆，但跟我们以为的总是有差别。”

柯克船长[1]（轻轻敲开了他的发报机）：“把我们传送过去，苏格兰狗。”

帕特里克打开了一包海洛因，时间太紧来不及再扎一针了，就只能倒了一些到桌上那层用来保护桌面的玻璃上面。

义愤填膺的埃里克（一副心领神会的样子）：“哦，很典型啊，面对着一个问题：再多整点海洛因吧。基本上说，这是一种能使自我持续存在的终极系统。”

帕特里克从兜里掏出一张钞票，伏在桌子前面坐下来。

没精打采的船长：“我说，中士，你把那些玩意儿关上行不行啊？”

中士：“别担心，长官，一切都尽在我掌握之中。这也没啥，就是一堆毛茸茸、软绵绵的玩意儿呗，都是些黑了心的畜生，长官，在他们可怜巴巴、缺乏信仰的人生中，从来都没见过一支格林机关枪，长官。”

没精打采的船长：“干得漂亮，中士。”

帕特里克又吸了几口台上的粉末，猛地把头往后一甩，然

1　原名詹姆斯·泰比里厄斯·柯克，是美国经典科幻系列《星际旅行》系列中的一名虚构角色。

后用鼻子深吸一口气进肺。

中士：“请允许我一道感受一下这波冲击的猛力，长官。”（一声呻吟，一根长毛刺进了他的胸膛里。）

没精打采的船长：“哦，谢谢你……唔……”

中士：“我叫威尔逊，长官。”

没精打采的船长：“是啊，当然了。干得漂亮，威尔逊。”

中士：“我只希望同样的事儿我还能干一遍，长官。但我只能很遗憾地告诉您，我受了致命的伤病，长官。”

没精打采的船长：“哦，亲爱的。这样吧，你找人帮你处理处理那伤口。”

中士：“谢谢您，长官，您真是太体贴了。您真是一位了不起的绅士啊！”

没精打采的船长：“如果最坏的那种情形不幸变成了事实，那我可以担保为您提供类似送殡时候敲锣打鼓的服务。我叔叔就是做这一块儿生意的。”

中士（坐起身来，敬礼，并大喝一声）：“长官！”（又往后靠了靠。）“这可帮了威尔逊太太和他们的小娃了，真可怜啊，这么小就没了爸爸。”（一声哀吟。）“真是……一位……了不起的绅士啊！”

吧台男招待乔治（正在若有所思地擦亮手里的酒杯）：

“哦，对了，就是那个没精打采的船长。这人我记得很清楚。他以前来过这儿，每次都点九个生蚝。不是六个，也不是十二个，而是九个。他可真是一位绅士啊！他们现在不那么做生蚝了。胖先生我也还记得。哦，没错，怎么可能会忘掉他呢？到最后，我们这酒吧都没地方留给他了，一点不夸张，就是站脚的地方都没有了。但他也是一个十足的绅士啊！他是个相当老派的人，从来也不掺和任何节食的计划，老天爷啊，从来没有过。”

胖先生（站在老贝利街中央刑事法庭里一个定制的特大被告席上）：“我的命就是这么苦啊，长官，生活在这样一个到处是美食、到处是兵团的年月。”（说到这儿，他擦掉了眼角的几抹眼泪。）“他们管我叫‘胖先生’，我也确实是胖，胖到可以奉承自己说，我这诨号根本无需任何解释了。我作为被告站在这儿，罪名是我食欲的非同寻常，以及食欲非同寻常之程度。长官，你说要是我往茶杯里倒水倒到边沿，要是我盘子里的新鲜薄荷贻贝垒得比天高（这道菜可真是能让死人喘气啊，长官，能让皇帝也着魔！），我就应该被定罪吗，长官？我可不是摩登生活里那些畏首畏尾的流浪汉，也不是碰上宴会就胡吃海塞的穷家伙。死掉的人，都没来得及在葬礼的城堡吞下最后一口中世纪风格的早餐，又怎么会在绿兔子餐厅接受美食菜单的挑战呢，先生？他们又不会叫人开辆救护车来载他们（那可是让人天生心情愉快的交通工具啊，长官，堪比皇帝的马车啊！），拿上钱袋子，带着冷酷无情的放纵，顺着皇家菜单上推荐的克里斯塔滑雪道[1]一路狂奔下去。”（这时弗洛里安咖啡馆的小提琴手拉起了背景音乐。）“我人生最后那段日子，最后那段日子，长官，可是为我的肝操心啊——这辈子它都一直英勇地为我服务，但是现在它有点累了，我自己也有点累了，但它已经做得足够多了。我人生最后那段日子都被诽谤中伤的阴霾笼罩。”（法庭中响起了故作低沉的抽泣声。）“但我并不后悔这辈子吃了那么多菜，或者说，吃了那么多盘菜。”（露出一丝悲伤的微笑）“真的，我一点也不后悔。”（鼓起了所有的自尊感。）“既然要吃，就要勇敢地吃。”

法官（义愤填膺，如狂风暴雨一般）：“这桩案子被驳回了！这种事儿居然都能上法庭来审判，简直是对正义的严重亵渎！有鉴于此事实，法院决定奖励给胖先生在猪哨酒吧享受一人餐的机会。”

心满意足的群众：“万岁！万岁！”

帕特里克感受到无以复加的恐惧。他的思绪如腐朽破烂的

---

1 位于瑞士圣莫里茨的一处天然雪橇赛道，全长 1.2125 公里，总落差达 157 米，曾经承办过 1928 年和 1948 年冬奥会的雪橇比赛。

地板一样，一块接着一块凹陷下去，到最后脚下的地面就跟湿透的纸片一样，就算他倒下去也根本兜不住了。大概一切都不可能停下来吧。“我真是累坏了，累坏了。”他边说着，边靠着床沿坐下来，但是忽然又倏地站起身来。

嘲笑的回音：“我真是累坏了，累坏了。”

葛丽泰·嘉宝（发出歇斯底里的尖叫声）：“我可不想一个人待着。一个人呆着的滋味我已经受够了。”

帕特里克靠着墙壁滑溜地倒下：“我他妈的真是累坏了。”又是一声哀嚎。

拖把夫人：“你要不再好好给自己来一针可卡因吧，亲，让自己神清气爽一点也好。”

死亡博士（掏出了一根注射器）：“东西我都替你准备好了。有至亲去世的时候，我们都是靠这玩意儿度过的。”

克里奥佩特拉：“哦，是啊。”（跟个小姑娘似的嘶起嘴来。）“吻一下我最青的那根青筋。”

拖把夫人：“上吧，亲，就当帮自己一个忙。”

克里奥佩特拉（嗓音变得沙哑）：“上啊，你这个狗杂种，来操我啊。”

这一回帕特里克只能求助于自己的领带了。他拿领带在袖肥上绕了好几圈，然后用牙咬着一头收紧，齿龈露出，像条狂吠的狗一样。

加布·奥康纳的礼物（一口干了一杯詹姆逊威士忌）：“她十分钟爱水蛭，带着撒克逊人那份粗暴的放任，哭喊着，‘我一直在想，要能在同一时刻身处两地就好了。’”

朝臣（非常兴奋）：“中了，很明显的一剑。[1]”

柯克船长：“曲速层级是十，苏鲁先生。”

匈奴王阿提拉[2]（庄严男低音）：“我把敌人的头颅割下来当足球踢。我骑马从凯旋门下穿过，我坐骑的铁蹄踏在鹅卵石铺的地面上，霎时火星四溅。罗马的奴隶分立两侧，朝我前进的道路播撒花瓣。”

帕特里克从椅子上摔了下来，又从地板上蜷身坐起。刚才那阵奔涌的激流未免太过暴烈，他到现在还气喘吁吁，头晕目眩。此刻他的心脏还在剧烈地跳动着，让他整个人都瑟瑟发抖，就像弯腰屈膝在直升飞机的双旋翼之下的感觉。因为肌肉太过紧张，他的四肢都已经瘫痪了。他心里琢磨着，他的血管大概就跟香槟杯的柄脚那样，纤细而脆弱，仿佛他只要一用力

1 此句是作者故意模仿莎士比亚悲剧《哈姆雷特》第五场第二幕中的台词，是哈姆雷特和雷欧提斯进行击剑比赛时，作为裁判的欧斯瑞克所说。

2 阿提拉（Attila，406—453），古代亚欧大陆匈奴人的领袖和皇帝，曾率领军队两次入侵巴尔干半岛，包围君士坦丁堡，并远征至高卢（今法国）的奥尔良地区，被欧洲人称作“上帝之鞭”。

弯下胳膊就会啪地折断。要是没有海洛因，他就要死于心脏病发作了。“赶紧他妈滚吧，你们所有人。”他默念道。

老实人约翰（摇了摇脑袋）：“真是个恶毒的小杂种啊，呃，我说你呢那个阿提拉。亲爱的，哦，亲爱的。‘内（你）在瞅啥呢？’他问。‘没瞅啥。’我答道。‘挺好，那就别他妈的瞅啥，知道不？’他又说。”（摇了摇脑袋）“真是恶毒啊！”

奶奶：“奶奶说了，你要是再用这种傻里傻气的嗓音说话，风向就会变了，那样你想停也停不下来了。”

男孩（有点绝望）：“但我是想停下来啊，奶奶。”

中士：“请您自己握紧了。”（高喊一声）“快速进发！左，右，左，右。”

帕特里克的两条腿在地毯上滑前滑后，就像个上下翻滚、左右颠倒的洋娃娃一样。

他的目光又忽然聚焦到《时代周刊》刊登讣告的那一页：“梅尔罗斯。于5月25日，在皮埃尔酒店度过了愉快的一天之后，安详辞世。帕特里克，享年二十二岁，戴维和埃莉诺的爱子，将被以下诸位悲伤缅怀：匈奴王阿提拉、拖把夫人、义愤填膺的埃里克，还有他生前的多位好友，挂一漏万，恕报不周。”

加布·奥康纳的礼物：“多么可怜，多么凄凉的一条生命啊。要是他没跟镀锌青蛙折掉的那条腿一样，颤抖个不停就好了。心绪的压力把他整得太沉重了，就像在遗体的眼皮上放上一枚硬币的感觉。”（说着把一玻璃杯的詹姆逊威士忌一饮而尽。）

奶奶（现在看起来老多了，记忆估计也不复当年了）：“我又怎么受得了啊，他还是个小男孩的时候多可爱啊。我以前老是叫他‘小宠物亲亲’，记得可清了。我老是对他说：‘别忘了，奶奶喜欢你。’”

加布·奥康纳的礼物（两行眼泪滚过双颊）：“看他那两条惨兮兮、病恹恹的胳膊，就算是个壮汉看了也要落泪吧。胳膊上被厚厚的伤疤盖着，活像是饿坏了的金鱼，嘴巴张开，哭着喊着求那一件能为他困顿不安的可怜小心脏，换来些许安宁的玩意儿。”（说着又把一玻璃杯的詹姆逊威士忌一饮而尽。）

没精打采的船长：“他属于那种在自己房间里一待待好久的宅男。当然了，这样没啥不好的，但他就是老喜欢在屋子里走来走去。就像我说的那样，一个人要是决定闲下来，那就应该彻彻底底地闲下来。”（露出一丝迷人的微笑。）

加布·奥康纳的礼物（眼见瓶子里酒不多了，直接对着瓶子吹，单膝跪地，泪眼蒙眬，讲起话来都有些含混不清了）：“这孩子还是心理有毛病啊。可能还是对于自由的忧虑，让他最终丢了性命吧。每次出状况——他的确是老能让自己出状况——他都看到各种选项像发疯似的铺陈蔓延开来，就像眼珠子里的血管崩碎的模样。每动一步，他都能听到自己从前没做过的那些事情，发出死亡般的呼喊。即便是在照得出天空的水坑里，或是小英国街街角闪着微光的水沟里，他都觉得自己可能会晕头转向。像得了失心疯似的，就怕哪天再也记不得自己是谁了，于是陷入深深的恐惧之中。然后他就开始绕圈圈，活像一条他妈的比狐狸还狡猾的猎狐犬，困在了一片他们的树林里。”

老实人约翰：“他可真是个糊涂蛋啊，不是吗？这辈子有老老实实地工作过一天吗？你啥时候见过他扶老太太过马路了？啥时候见他给吃不上饭的小孩买包糖了？你得实事求是啊。”

胖先生：“这个人，先生啊，吃饭总是吃不饱，因为对食物太挑挑拣拣了。原来守着人生中的丰饶角，后来直接跌进药罐子里去了。一句话总结，先生，就没见过他这号的大混蛋。”

加布·奥康纳的礼物（间或在一片眼泪滴成的湖面上划过）：“只要一看到他啊……”（咕嘟，咕嘟，咕嘟）“……那对撕破了皮的嘴唇，根本不懂得什么叫爱……”（咕嘟，咕嘟，咕嘟）“……上下嘴唇一碰就喷出些狂放不羁、苦了吧唧的词儿……”（咕嘟，咕嘟，咕嘟）“……那嘴唇被撕裂全是因为自己的愤怒，以及对自己大限将至的预感吧。”（咕嘟，咕嘟，咕嘟）

黛比（结结巴巴地说）：“我都不晓得自己到底想说啥了。”

凯伊：“他没了的那一天，我还见过他。”

“可别让我发疯啊。”帕特里克大吼的这一声，开头听着还像他自己的声音，到最后两个字就变成约翰·吉尔古德[1]的腔调了。

牧师（带着安慰的目光从讲道台朝下垂望）：“在我们有些人的记忆里，戴维·梅尔罗斯是一个恋童癖者，是个酒鬼，是个骗子，是个强奸犯，是个虐待狂，是个‘彻头彻尾的混账东西’。但是，你们也知道，在那样一个场合，基督会要求我们说什么，以及他本人若是能亲口发话的话，又会说些什么，”（停顿片刻）“但这并不是他人生的全部，对不对？”

老实人约翰：“不，这就是他人生的全部。”

---

1 约翰·吉尔古德（John Gielgud，1904—2000），英国著名演员，被誉为20世纪最伟大莎剧演员，现代戏剧的先锋。在长达77年的演艺生涯中，他诠释了莎翁笔下的无数经典角色。戏剧之外，他还凭借电影《亚瑟》收获奥斯卡最佳男配角奖。

牧师："刚说那个关于'人生全部'的想法，其实是基督教中最叫人激动的事情之一。像我们阅读自己最喜爱的一位作家所写的书时，甭管是理查德·巴赫[1]还是彼得·梅尔"[2]，我们之所以期待，不是因为这本书写了某种特殊的海鸥，也并不是因为故事发生在迷人的乡间，或者我用个法语词来说，发生在普罗旺斯。我们寻求的是那种，从开头一口气读到尾的满足感。"

老实人约翰："你就说跟你有关的。"

牧师："跟这差不多是一样的道理。当我们要对其他人做出判断时（我们谁没做过这样的事啊？），首先得确保这个人的'全部人生'都铺开、呈现在我们眼前。"

匈奴王阿提拉（庄严男低音）："受死吧，你这条信基督的狗！"（话毕就砍下了牧师的头颅。）

牧师被砍下的头颅（若有所思地停顿了片刻）："跟你说啊，之前有一天，我的小孙女走到我跟前对我说，'爷爷，我喜欢基督教。'我对她说（感觉彻底无解），'为什么啊？'你

1 理查德·巴赫（Richard D. Bach，1936— ），美国当代著名作家，曾在美国空军服役并担任飞行员。他的诸多半自传体小说都与他早年的飞行经历有关，代表作包括《海鸥乔纳森》和《幻想：一位弥赛亚不情不愿的冒险》等。

2 彼得·梅尔（Peter Mayle，1939—2018），英国当代著名作家，曾任国际大广告公司的高级主管，后辞职专职写作。代表作包括《普罗旺斯的一年》、《永远的普罗旺斯》、《重返普罗旺斯》等回忆录。

知道她是怎么回答的吗？”

老实人约翰：“我们当然不知道了，你这个糊涂蛋。”

牧师被砍下的头颅：“她跟我说，‘因为基督教能给心灵以安慰。’（又停顿下来，这次更加不紧不慢、语气庄重）‘能给心灵以安慰。’”

帕特里克睁开眼睛，慢悠悠地躺在地板上舒展开身子。电视机对他怒目圆睁，仿佛他做错了事一样。也许这样反倒能救他，让他的注意力从自己不由自主的表演中转移过来。

电视机（哭哭啼啼，颤颤巍巍）：“把我打开，兄弟。快来把我打开。”

总统先生：“不要问你的电视能为你做什么，要问问你能为你的电视做什么。”[1]

陷入狂喜的民众：“万岁！万岁！”

总统先生：“我们将不惜任何代价，我们将担起任何担子，我们将直面任何困难……”

冯·特拉普家庭合唱团（唱出狂喜的心情）：“攀登每一座高山！”

---

1 此处与后面几处为作者以美国总统肯尼迪1961年1月20日的就职演讲为蓝本进行的滑稽模仿。在这次演讲中，肯尼迪说出了“不要问你的国家能为你做些什么，而要问一下你能为你的国家做些什么”等传世名句。

总统先生：“……支持任何朋友，抗击任何敌人，确保电视机能历险生存，取得胜利！”

陷入狂喜的民众：“万岁！万岁！”

总统先生：“让我从此时此地告诉世界，这支火炬已传交新一代的美国人，他们出生在本世纪，经历过战争的锻炼，受过严酷而艰苦的和平的熏陶，以我们的古代传统自豪，而且啥事也不愿意做，除了看电视！”

“是啊，是啊，是啊。”帕特里克趴在地板上蠕动着，“电视机。”

电视机（支撑脚在两个转轮之间无休止地切换着）：“把我打开，兄弟，我必须得打开了。”

观众（操着冷冰冰的口气）：“你为我们准备什么节目？”

电视机（极尽阿谀奉承之态）：“我准备了《百万美元大电影》、《十亿美元大富豪》，还有《万亿美元智力问答》。”

观众：“好好好好好，但是现在你能播个啥？”

电视机（换做满含歉意的口吻）：“一张美利坚旗帜的静态照，还有一个穿着淡蓝色尼龙套装的古怪家伙，聊着什么世界末日。《农业报道》节目过不了多久也应该要开播了。”

观众：“好吧，那我觉得我还是盯着旗帜看好了。但是千万别催我。”（掏出一把左轮手枪来）“要不然，我就一枪把你的荧屏给崩了。”

电视机：“好吧，兄弟，千万别冲动，好不？虽然大家不是顶喜欢，但那张旗帜的照片拍得还是挺赞的。我私底下可以向你保证这点。”

帕特里克把按钮一转，关了电视。这个叫人心慌慌的夜晚，到底什么时候是个头啊？他又爬上床去，瘫倒下来，闭上双眼，心无旁骛地聆听着寂静之声。

罗恩·扎克（他也紧闭双眼，带着一丝慈祥的笑容）：“我就想要你听听这寂静之声，你能听得见吗？”（顿了一下。）“让自己化作寂静的一部分，寂静就变成了你的内心之声。”

老实人约翰：“噢，我的亲，这事儿没完没了了，是吗？这个罗恩·扎克又是个谁，啊？我听着有点像个糊涂蛋嘛，实话实说哦。”

罗恩·扎克：“在寂静这件事上你们都听明白了吗？”

一群学生：“我们都听明白寂静这件事了，罗恩。”

罗恩·扎克：“那就好。”（停顿了好久一会儿。）“现在，我希望你们能用上上周刚学过的视觉化技巧，来想象一座宝塔长什么样——就差不多是海滩别墅的中国版，不同之处是建在山上的。”

一群学生："噫，罗恩，你这形容太简单了。"

罗恩·扎克："这玩意儿有一个漂亮的金质屋顶，花园里还有冒着泡泡的、圆形的池子如网状排列。你就挑一个池子爬进去——嗯，感觉好极了——然后让看门的给你洗洗身子，再递上一身崭新的袍子，真丝质地，佐之以其他名贵的材质。听起来就棒极了，是不是？"

一群学生："噢，对啊，听起来就棒极了。"

罗恩·扎克："好极了。现在我希望你们能走进宝塔里去。"（停顿了好久一会儿。）"宝塔里面还有别人，对不对？"

一群学生："对啊，里面还有个向导，我们上上周学过的。"

罗恩·扎克（看起来有点不开心）："不对，向导在另外一间房间里。"（顿了一下。）"宝塔里面的是你们的妈妈爸爸。"

一群学生（终于认了出来，一脸惊愕）："妈妈？爸爸？"

罗恩·扎克："现在，我希望你们走到你们妈妈的面前去，对她说，'妈妈，我真的很爱你。'"

一群学生："妈妈，我真的很爱你。"

罗恩·扎克："现在，我希望你们给妈妈一个拥抱。"（顿了一下。）"这感觉不错，对不对？"

一群学生（他们或狂叫，或晕厥，或填写支票，或彼此拥抱，或涕泪涟涟，或狂揍枕头）：“这感觉太不错了！”

罗恩·扎克：“现在，我希望你们走到你们爸爸的面前去，对他说，‘至于你，有一事说一事，我绝不会原谅你。’”

一群学生：“至于你，有一事说一事，我绝不会原谅你。”

罗恩·扎克：“把左轮手枪掏出来，对准他，把他的脑浆都给打出来。砰！砰！砰！砰！”

一群学生：“砰！砰！砰！砰！”

柯尼希·斯波克（身上的盔甲发出瘆人的咯吱声）：“欧姆莱！我是你的波波斯波克啊！[1]”

“噢，赶紧他妈的滚吧。”帕特里克咆哮着坐起身来，甩手猛扇自己那张脸，“快别再想这些东西了！”

嘲笑的回音：“快别再想这些东西了！”

帕特里克靠着桌边坐下，伸手捡起了一袋可卡因。他把那纸袋子轻敲了两下，只见一块大得出奇的结块掉进了勺子里。他又朝着可卡因粉末喷了一注水，水击打在勺子边边上的时候，他仿佛听到了银铃般的声响。那堆粉被水淹没，溶解成了液体。

因为这一晚遭受到如此狂野的猛烈追击，他的血管都开始

1　原文为德语。

收缩了，除了在前臂很下部位的那一根，不靠外加的刺激也能凸显出来。这条血管看起来挺粗壮，蓝色的，一路蜿蜒直通到手腕处。手腕附近的皮肤更加厚实，要从那儿刺破扎针进去，想想都挺疼的。

奶奶（对着他的血管唱着如梦似幻的歌曲）：“现身吧，现身吧，甭管你在哪儿。”

针筒里涌起了一柱鲜血。

克里奥佩特拉（喘着粗气）：“噢，来了，来了，来了，来了，来了。”

匈奴王阿提拉（咬牙切齿，语气里透着恶毒）：“一个囚犯也不留！”

帕特里克晕厥过去，朝后一倒瘫卧在地板上，那感觉就好像身子里一瞬间就被灌满了水泥。当他从天花板的高度俯瞰自己的身体那一刻，一片寂静。

皮埃尔：“好好瞅瞅你的身体吧，哥们儿，就他妈是一堆垃圾。你的意识可是完整的。没有限制。”（帕特里克的身体开始急剧加速。这空间的颜色从蓝色变成深蓝，又从深蓝变成黑色。天上的云就像七巧板里残落的一块。帕特里克低头望去，只看见在他身下更深的地方，看见了他酒店房间的窗户。房间里面，是一处浅白色的沙滩，而包围着沙滩的大海却蓝得发亮。沙滩上有几个孩子，他们正在用沙子把帕特里克的身体掩埋，只有头露在外面。他原以为，只要轻轻地挪动一下身子，他就能从这沙筑的桎梏中脱身。但是当其中一个孩子抄起一桶湿水泥，一股脑儿糊到他脸上时，他才意识到刚才完全想错了。他试图将覆盖在嘴上、眼睛上的水泥给抹掉，却发现两条胳膊都已经被装进了水泥筑造的坟墓里，动弹不得。）

“詹妮弗的日记”：“帕特里克·梅尔罗斯的墓碑旁无人凭吊，而他的棺木就要这么被放进坑里了，感觉有点草草了事。话说回来，也不是一个人都没有。就在那千钧一发之际，奇力·威利两口子，这对曾经名噪一时、风度翩翩、魅力十足、百折不挠的伉俪，来自字母城的瘾君子组合，虽然极少有机会来到近郊，但还是带着迷人的姿态现身这一重要场合。‘别把棺材放进去！别把棺材放进去！他是我熟人。’奇力·威利已经哭号得痛不欲生了。‘谁给我拿个零钱包来行不行？’他带着哭腔问。‘他遗嘱里有说留下什么东西吗？’同样悲痛欲绝的威利夫人问道。夫人的葬礼礼服虽然精心设计，价钱却也不贵，外头还套了异常花枝招展的织物。在没有拨冗出席葬礼的众人中，有人声称他们连这位逝者的名字都没听过，他们包括犬舍岛大元帅，韦里迪安·格拉瓦洛-格拉瓦拉爵士，还有他的表妹，非常迷人的罗威娜·济慈-雪莱小姐。”

老实人约翰：“我觉得这一回他是挺不过来了，实话实说哦。”

义愤填膺的埃里克（摇摇脑袋，不愿意轻易被糊弄）：“居然有人觉得他们可以就这么跑过来，呃，就这么随随便便地，呃，就把人给活埋了——这真是让我叹为观止。”

克罗诺斯夫人（手里拿着个硕大无比的沙漏，身穿一件破烂流丢的旧舞会袍）：“好吧，我必须得说，被需要的感觉真是太好了！自从演完《冬天的故事》第四幕之后，我连一个角色都没演过呢！”（语气很热情。）“那是比尔·莎士比亚[1]的作品，当然了——他是个挺可爱的人，私底下也正巧是我的好朋友。随着一个又一个世纪的时间匆匆而过，我忍不住想，‘这就对了，没人在意我了，我再也不被需要了。’”（双手交叉在胸前，点点头说。）“人们都把我看做是一个性格演员，但如果说有哪件事我特别不能忍的话，那就是被某种特定的角色给限定住了。”（轻轻地叹了口气。）“我想现在该轮到我念自己的台词了吧？”（做了个鬼脸。）“说实话，我觉得这些人的情趣有点过时啊。我是一个很摩登的女孩子，而人们却不懂得欣赏这一点。”（腼腆地笑了笑。）“我就再多说一件事，”

---

1 英文名字中的“比尔”（Bill）是“威廉”（William）的简称或昵称，此处克罗诺斯夫人称呼莎士比亚为“比尔·莎士比亚”，是为了证明二人关系亲密。

（换做一副严肃的面孔）“我要给我所有的粉丝送上一句大大的‘谢谢你们’。是你们，让我在那些孤寂的年月里，还始终保持着向前的动力。谢谢你们写给我的十四行诗，写给我的信，还有陪我聊的天，这些对我而言都特别有意义，真的非常特别。即便当你们的牙龈变得漆黑，当你们再也记不起其他人的名字时，我的亲们，希望你们还能时不时地想起我来。”（冲着观众席一通飞吻。然后站定姿态，理了理裙子上的皱褶，然后走向了舞台的最前端。）

“既然死亡不可挽回，
且停下狂欢与陶醉。
莫对此剧太过苛求，
择一良时精彩尽收！”

匈奴王阿提拉（一拳头把棺材盖儿都打落下来，发出一种咆哮声、怒骂声、嘶嘶作响的愤怒声混作一团的声响，就像一头被诱捕的豹子，关在铁笼子里朝外面嚎叫）：“嚷啊啊啊啊啊！”

帕特里克猛地一下起身坐直，脑袋朝着椅子左边那条腿用力地撞了几下：“狗屎！变态！恶心！滚蛋！”终于，他可以用自己的嗓子发声了。

第八章

帕特里克瘫在床上，跟一具尸体没差别。他把窗帘打开已经有一段时间了，看着太阳升起照在东河之上，这让他心中充满了厌恶和自责。

太阳之下，本无新事，似乎也没有其他可选之项。这又是另一句开篇语。

别人的只言片语，从他心头飘过。风滚草御风穿越整片沙漠。他以前有想过这个吗？他以前有说过这个吗？膨胀感和空虚感，在同一时刻困扰着他。

黑夜之领地所遗留的痕迹，在他思绪里缓慢蒸腾的泡沫中时隐时现。这种无家可归的体验如此彻底，又如此频繁，让他感觉遍体鳞伤，孤立无援。更别提，他差点把自己给杀了。

“咱们可别再经历一回这个了。”他低声呢喃，像一个腹背受敌的情人，被惩罚要永远记得自己的言行失当。

他伸长他那隐隐作痛、黏黏糊糊的胳膊去拿床头柜上的闹钟看时间，还抽筋般地畏缩了一下。五点四十五分。他可以立马点个冷餐肉拼盘，或者点一碟烟熏三文鱼，不过那也意味着还要过三刻钟，才能等来装着全套早餐菜色的送餐车丁零当啷推进屋来，那短暂的一刻让他得以肯定自己的存在。

但稍过一会儿，果汁就会开始结成水珠，在纸板盖下面开始分离开来。培根和鸡蛋，总能带来令人望而生畏的肉欲之感，很快就会放冷，开始散发出难闻的气味。放在窄口玻璃花瓶里孤零零的一株玫瑰，有一片花瓣坠落在雪白的桌布上。这时他大口饮下几口甜茶，又继续摄取他注射器里那虚无缥缈的食物了。

通常在一夜无眠之后，他总会在凌晨五点半到上午八点的这几个小时里，从生活中那些一拥而至的喧嚣中抽身出来。在伦敦的时候，当清晨苍白的亮光在窗帘杆上方的天花板上投下斑驳的光影时，他就会像受了惊吓的吸血鬼一样，听着远处世界的主宰者们发出的尖叫与低号。然后他会把耳朵伸向附近送奶车的牢骚声，最后是那些送小孩上学，或是送真真正正的人去工厂和银行上班的小轿车，车门用力关上的声音。

现在英国那边应该快十一点了。早餐送来之前，他还可以打几通电话来消磨一下时光。他想给约翰尼·霍尔打电话，他肯定会对自己当下的精神状态深表同情的。

但首先，还是得给自己扎上一小针，才有劲儿做后面的事情。就好像他只有在吸了好几口海洛因的情况下才会认真考虑戒掉这玩意儿，想从可卡因对他的蹂躏中缓过神来，办法就是再来一点。

于是他又给自己注射了恰到好处的量，既给他提劲儿又让他无聊，两者的程度差不多。帕特里克拿了几个枕头在背后垫着，好让自己拿起电话的时候躺得舒服些。

“约翰尼？”

“是我。”电话那头传来一声紧张的低语。

“是我，帕特里克。”

“现在几点了？”

“十一点。”

“这么说我就还能睡三个小时了。”

“你是希望我过会儿再打过来么？”

“不必了，我已经被你搅醒了。怎么样了你？”

“哦，我还好。今晚我可喝得不少。”

“喝得快死了，类似这样的？”约翰尼喘着气儿说。

“可不是。”

“我也是啊。我刚来了一针贼他妈不得劲的‘快快’，是一个挂科的化学系学生，手哆哆嗦嗦地拿着一瓶盐酸制成的。

把活塞推下去那下，我闻到的是试管烧焦的味道。然后就开始打喷嚏，根本控制不住，让你体验一把震颤到心律不齐的滋味儿，那慌张的劲儿免不了让你想起庞德的《诗章》里那些最糟糕的段落。”

“如果你中文够好的话，感觉应该没那么糟糕吧。”

“我手里没货了。”

“我有啊。这是药啊，兄弟，药啊！”

“我要过来一趟。”

“来纽约吗？”

“是纽约啊！我觉得啊，你说话时候那种吞吞吐吐、轻声细语的风格，一半可能是因为我有幻听，一半是因为你懒惰到臭名远扬了。当我知道这一切真的事出有因的时候，真是非常失望啊。你在那边干什么呢？”

“我爸死在这边了，所以我要过来收拾他的遗物啊。”

“恭喜你！你现在终于是半孤儿的状态了啊。难道那些遗物赖着不肯跟你爸的尸体分别啊？那你是不是还要在天平的另一端放上重量相等的金子，好确保那一堆金贵的货不掉下去啊？”

“他们还没问我收钱呢。但是如果谁敢漫天要价，哪怕一丁点儿，我就把那堆破玩意儿扔那儿不管了。”

“考虑得挺周全。你有哪怕一点心烦么？”

“我倒是感觉有些心神不宁。”

“是啊。我还记得那种感觉，突然发现脚下的地面——如果可能的话——变得比平常还要站不住了；也就是那时候，我觉得自己对于死亡的渴望——如果可能的话，变得比从前还要强烈。”

“是啊，这样的时候很多。更别提，我现在肝疼得厉害，就好像有个挖墓的在我肋骨下面敲了一铲子，还在把手上重重地踩了一脚。”

“你的肝长着就是管这用处的，不知道吗？”

“你怎么可以问这种问题？”

“这是真的。别怪我了。那么我们两个奥林匹亚人啥时候碰个头啊？”

“我看下，我应该明天晚上就回来了。你能不能搞到点家伙，这样我就可以直接从机场开车去你那儿了，我可不想见那个吓人的布莱恩。”

“没问题。说起吓人的家伙，我前几天晚上在公寓里撞见了一伙儿傻叉的意大利人。但是他们嗑的一种粉色、透明的可卡因，倒进勺子里的时候，会发出一种类似钟琴的声响。不管怎么说吧，我顺走了一些然后把自己锁在卫生间里。你也知道啊，这些眼神自带天真的意大利瘾君子，要是把他们那低能而宁静的生活给搅乱了，那可有得你受的。但是后来他们还是气疯了，快把门锤破了，还冲着里面嚷：‘滚出来，你个鸟人，不然老子杀了你。亚历山德罗，快去把他给逮出来！’”

“老天啊，听着真带劲。”

“可惜啊，我记得我们最后还是用意大利语互致了问候，不然我应该给你搞一点回来的。这种玩意儿，应该在乘着烈火燃烧的长船驶入阴森幽暗的水域，自知有去无回之时，给自己来那么两下子的。”

“现在我只能听着你的话干瞪眼啦。”

“好吧，没准明晚我们真能让自己把小命丢了呢。”

“绝对的，那你就记得多带点货吧。”

“没问题。”

“OK，那就等着明天见你啦。”

“再见。”

“拜拜了。”

帕特里克挂断电话时候，唇齿间带着一丝淡淡的微笑。每次跟约翰尼聊完天，他总能感觉到精神一振。他又马不停蹄地拨了一串新的号码，然后靠着枕头瘫坐下来。

“你好。”

“是凯伊吗？”

“宝贝！你还好吗？你电话别挂哦，我去把音乐声调小一点。”

只听见那叫人心神不宁的大提琴独奏声戛然而止，然后凯伊又回到了电话旁。“好了，你还好吗？”她又问了一遍。

“我最近老是不怎么睡得着觉。”

“我一点也不觉得奇怪啊。”

“我自己也不觉得。我刚嗑了四克可卡因。”

“哦，老天啊，那可不是好东西。别告诉我你还吸了海洛因哦，你没吸吧？”

“没，没，没有。那玩意儿我已经戒了。就有时候会吃点镇静剂。”

“好吧，那还挺了不起的，但你干吗要碰可卡因啊？想想你那不争气的鼻子吧，你是想要鼻子掉下来还是怎么的？”

“我鼻子还不至于有啥问题。我就是感觉很抑郁。”

“可怜的宝贝，我估摸着你也有这感觉。你父亲去世，这可能是你所经历的最糟糕的事情了吧。你也一直没有机会把自己的问题解决一下。”

“我们可能都没机会吧。”

“天底下当儿子的都是这个感觉。”

“唔……”

“想到你孤零零一个人在那儿我就不好受。你今天有见过什么让你开心的人吗，除了殡葬人员之外的？”

“你的意思是，殡葬人员就不能让我好受了？”帕特里克有些黯然地问道。

“老天，我可不是这个意思，我相信他们的活儿干得都是挺漂亮的。”

“我其实也不知道。我还得去把他的骨灰给领回来，不然我就真和风一样自由了。你也在这儿就好了。”

“我也希望如此。但我们明天就能见面了，对不对？”

“绝对的。我下了飞机就从机场直奔你那里，”帕特里克点了根烟，接着说，“我整晚都在思考，”他语速又突然变快，“——如果你能管这个叫做思考的话——我是在想，灵感是否是从交流的欲望中源源不断而出，有时也因为某些人令人麻痹的出现，而得到片刻的缓和；或者说，我们仅仅通过自己所说的，就能获悉我们所想的。”他多么希望，像这样的问题能够将凯伊的注意力暂时移开，不再多问关于于他归程的那些细枝末节。

“别被这些事儿扰得睡不着觉了。”她笑着说，“明天晚上见面我就会告诉你答案的。你什么时候过来啊？”

“十点左右吧。”帕特里克答道，在他航班落地的时间之后又顺延了几小时。

“那么我们约在十一点怎么样？”

“没问题。”

“拜拜，宝贝。很爱你哦。”

“我也是。现在先拜拜啦。”

帕特里克挂断了电话，又猛吸了几小口可卡因，才算回过神来了。最后吸那一口劲儿太猛，导致他只能暂且瘫倒在床上，满头大汗，缓过来之后才能打下一通电话。

“你好？是黛比吗？”

“亲爱的，我都不敢打给你，生怕你已经睡着了。”

“我倒从来没担心过睡梦中被吵醒这个问题。”

“好吧，那对不起啦，我不知道你那头的情况。”

“我又没怪你什么。你没有必要对我戒备心这么强的。”

“我对你能有什么戒备心。”黛比笑着说，“我就是担心你啊。听起来很好笑是不是。我就只想告诉你，我为你担心了一整晚，想知道你怎么样了。”

“是有点可笑，我觉得。”

“哦，咱们别再吵架了好么。我可没说你这个人可笑，我是觉得老是吵架这件事很可笑。”

“好吧，我刚是在吵架啊。如果你觉得吵架这件事很可笑，那我的确就是个可笑的人。我的案子结了呗。”

“什么案子？你老是觉得我在攻击你。我们又不是在法庭上，我不是你的对手，也不是你的敌人啊。”

陷入了沉默。帕特里克用头猛撞了几下，才算控制住继续怼她的冲动。“好吧，昨晚你都做啥了？”他总算抛出个问题来。

“是这样的，我一直都在想办法联系到你，试了好久。然后我又去格里高利和丽贝卡家吃饭了。”

“看着别人吃饭，不禁悲从中来。这话是谁说的来着？”

“大概谁都会说吧。”黛比又笑了。

“这句话就正好从我脑子里蹦出来了。”

“唔，那你应该试着编辑一下你脑子里突然蹦出来的那些东西。”

“好吧，总之别管这些啦。你明天晚上有啥安排？”

“有人请我们吃中餐，但是我想你应该不想一边吃饭，一边遭罪吧。”黛比被自己讲的笑话逗笑了，这也是她向来的习惯；但是帕特里克还是坚持他冷漠无情的原则，甭管黛比说什么，他都不会笑一声。即便在当下的情境下，他也没有感觉这样做有那么一丝丝刻薄。

“非常绝妙的回答。”他的回答挺冷淡，“我就不跟你一起去了，但是我想不到任何理由阻止你去。”

“你就别搞笑了，我取消掉就行了。”

“听你的口气，我最好还是继续保持这副搞笑的样子吧，不然你就认不出我来了。我一下飞机，就直接从机场绕道过来看你，但还是等到你吃完中餐回来后吧。凌晨十二点或者一点样子。”

“好吧，没问题，但如果你需要的话我还是可以取消的。”

“不用，不用，我做梦也没想过这一茬。”

“我觉得我最好还是别去了，不然以后被你挑毛病怎么办。”

“我们又不是在法庭上，我不是你的对手，也不是你的敌人啊。”帕特里克用原话回过去，带着些嘲弄的口吻。

又陷入了一阵沉默。黛比等了许久，觉得总算可以重新开启对话了才又开口。她也努力装作没听见帕特里克那些强人所难、自相矛盾的要求。

“你住在皮埃尔酒店吗？”她用故作明快的语调问道。

“如果你不知道我住在哪家酒店的话，你之前是怎么打电话给我的？”

“我猜你大概住在皮埃尔酒店，但是我不确定，因为你看起来不方便告诉我的样子。”黛比叹了口气说，“房间舒服吗？”

“我觉得是你喜欢的款。浴室里有许多小香囊，洗手间旁边还有部电话，这样即便有重要的电话打过来也不会漏接了——譬如，邀请我去吃中餐的电话。”

“你干吗非要这么讨厌？”

“我讨厌吗？”

“算了我明天还是取消掉吧。”

“别，别，请你千万别这样做。我刚是在开玩笑，现在我感觉自己都快疯了。”

“你时时刻刻都感觉自己要疯吧。”黛比又笑了。

“好吧，这不正巧碰上我爸死了么，所以我就更觉得自己要疯了。”

“我懂的，亲爱的。我也替你感到难过。”

“另外，我刚还嗑了不少的可卡因。”

“你觉得这是个好主意吗？”

“当然不是好主意啦。”帕特里克发怒了，吼了起来。

“你觉得你父亲去世之后，能让你不再那么像他了吗？”黛比又在叹气了。

“我现在要做两个人的工作了。”

“老天啊，你确定你不想把整件事儿都翻篇吗？”

“我当然想把一切都忘掉，”帕特里克厉声答道，“但是并没有这个选项啊。”

“好吧，每个人都必须背负自己的十字架。”

“是么？你的十字架是什么？”

“你啊。”黛比又笑了。

“好吧，那你可得看管好了，没准谁就把你的十字架给偷了。”

“他们可得好好打一架才能办到了。”黛比的语调又变得深情。

“美滋滋。”帕特里克轻声应道，然后耸肩歪头夹住话筒，挪到了床边坐下。

“哦，亲爱的，你说我们为啥总是吵个不停呢？”黛比问道。

“因为我们爱得如此深沉啊。”帕特里克的回答有些随性。说着，他又拆开了床头柜上的一袋海洛因。他把小指伸进了粉堆里，再拿出来，塞进一边的鼻孔里，轻轻地吸了一口。

“如果这话从别人嘴里说出来，那怎么听都是怪怪的。”

“好吧，我也希望你不会从别人嘴里听到这话。”帕特里克边孩子气地应和着，边重复了刚才蘸粉、吸粉的过程好几遍。

“也没有别人敢跟我说这句话吧，如果他们都跟你似的。”黛比笑了。

“就是因为我太需要你了吧。”帕特里克耳语道，说着又靠着枕头躺倒了。“如果像我这样，对那种无依无靠的状态上了瘾，想想都很可怕呢。”

“哦，所以你自己是上瘾了，对吧？”

“是啊。所有其他的一切皆是幻象。”

“那么我也是幻象吗？”

“你不是！我们经常吵架也是这个原因吧。你不这么觉得吗？”这话对他而言很中听。

“就因为是我挡着你追求无依无靠的状态了对吧？”

“是我对无依无靠状态那种傻兮兮，又找不着北的欲望。”帕特里克用英气十足的语调纠正了她。

“好吧，你倒是一直蛮会讨女孩子的欢心的。”黛比笑了。

“你要是在这儿就好了。”帕特里克发起了牢骚，说着又把一根指头伸进了白粉堆里。

“我也希望啊，你现在肯定很难过吧。你为什么没去见见玛丽安呢？她肯定能把你照顾妥帖的。”

“是个好主意。我过会儿给她打个电话吧。”

“我现在得走啦。”黛比叹了口气说，“我还要给一家傻兮兮的杂志做专访呢。”

“采访点啥？”

“哦，就是找经常参加派对的人问些问题。我也不知道怎么就应下来的。”

“因为你心肠好啊，而且帮得上忙。”帕特里克说。

“唔……我过会儿再打给你吧。我觉得你最近表现得很勇敢。我爱你。”

“我也爱你。”

“拜拜，亲爱的。”

“先拜拜了。”

帕特里克挂上了电话，眼光又扫了一下闹钟。清晨六点三十五分。他点了加拿大培根、炒鸡蛋、烤面包、粥、烩水果、橙汁、咖啡，还有茶。

“是两人份的早餐吗？”为他点单的女招待操着欢快的语调问道。

“不是，就我一个人吃。”

“喔哦，您早餐吃得可真丰盛啊，亲爱的。”她发出了咯咯的笑声。

“开启元气满满的一天，吃一顿最管用了，你不这么觉得吗？”

“那当然了！”她深表赞同。

第九章

腐烂的食物散发出的气味在房间里弥散开来，居然那么快，真是没想到。帕特里克的早餐还没来得及吃就坏了。那锅坏了的粥早就糊成一团，变成了灰色，面上凹下的一块，看见一只被啃了一半的烩梨。切成薄片的培根挂在盘子边缘垂下来，上头还涂了些蛋黄。在已经满得溢出来的茶碟里，立着两个被咖啡浸湿的烟屁股。丢在一旁的一块烤面包，三角形的，上面还依稀能辨认出他半圆形的牙印来，洒了一桌的砂糖在桌布的掩映下，亮晶晶一片。一口没动的，就只有橙汁和茶了。

电视荧屏上，大笨狼怀尔两腿岔开坐在一架正在加速的火箭上，随着一声爆炸，坠毁在山谷的一侧。哔哔鸟则跑进隧道不见踪影，又在隧道的另一头出现了，然后又退回了一片尘雾之中。[1]帕特里克看着哔哔鸟，以及它身后卷起的一阵标志性

1 《大灰狼怀尔和哔哔鸟》是华纳兄弟影业旗下的经典动画片系列。作为故事的两个主人公，大灰狼怀尔和哔哔鸟是由动画片导演查克·琼斯和作家迈克尔·马尔蒂斯于 1948 年塑造的。

的滚滚烟尘，忽然记起了自己刚开始嗑药时，那段早年的纯真时光。那时候他觉得，吞了摇头丸之后，除了对他神志造成的肆虐般的效果，总还能带来些别的东西吧。

他对空调这玩意儿一直是深恶痛绝的，于是房间里变得异常闷热潮湿。帕特里克想把餐车推到门外面去，但是想到一出门就可能在走廊里撞见别人，他还是忍了食物腐败发出的恶臭。他刚偷听到外面有两个女仆在聊关于他的事儿。虽然从理论上说，他自己也承认那是一种幻觉，但是他的心智还没足以强大到去考验自己超然物外的神经，也就是把门打开。说到底，这还是因为他幻听到一个女仆说："我早跟他说过吧。""你会丢掉小命的，孩子，如果你不戒掉那个狗屎玩意儿的话。"另一个则应和道："要不你报警吧，这是保护自己啊，可不能再这样活下去了。"

帕特里克在卫生间里来回踱步，又把手臂以右肩为轴转了两圈，这样肩胛骨下面总算不疼得那么厉害了。虽然心存疑虑，但他还是忍不住走到镜子跟前照了照，发现一侧的眼睑比另一侧下垂得厉害许多，那一侧的眼睛也是发炎红肿，眼泪汪汪。他用手把眼睑往下翻了翻，看到两个眼球上那似曾相识的深黄色斑点。他的舌头也是泛黄的，而且舌苔很厚。只有双眼下面的那两道紫色的深沟，让他那张脸死白死白的面色，显得不那么单调了。

他老爸死了，真是谢天谢地。要不是死了爸妈，谁也找不到理由摆出这么一副死样子啊。此刻他想起了父亲生前指导了他一生的一句座右铭："千万别道歉，千万别解释。"

"还有什么操蛋事儿可做呢？"帕特里克边嘟囔着，边打开了澡盆的水龙头，用牙齿咬开了一包沐浴露。刚把包装里黏糊糊的绿色液体倒进澡盆中热水的涡流里，他就听到（也可能是自以为听到）电话铃响了。是酒店管理人员打电话来警告他，警察已经在来的路上了吗？甭管是谁打来的，外面的世界总要跟他自己的小天地撞车了，也让他瞬间被恐惧占据。为啥要去接呢？但他也没法忍住不去接，万一是有谁来拯救他呢？

帕特里克坐在马桶座上，自己都不知道话说出来是什么嗓音，但还是拿起了听筒说："你好？"

"帕特里克，亲爱的。"电话那头传来一声调子拖长的问候。

"乔治啊！"

"现在打过来会不会不是时候？"

"没，一点毛病没有。"

"我是想问问你愿不愿意跟我共进午餐。当然了，这可能是你最不想做的一件事了。你现在心情肯定是糟透了。这对谁都是一次很沉重的打击，懂的，帕特里克，我们都感同身受。”

“我现在是觉得有那么点恍惚，但我还是很愿意跟你共进午餐。”

“先跟你打声招呼，我还约了其他人一道。自然都是很聊得来的人啦，算是美国人里最和善的那一群。他们当中有一两个还见过你父亲，对他印象都很不错。”

“听起来没毛病。”帕特里克说着，仰头望了一眼天花板，做了个鬼脸。

“我跟他们约在了钥匙俱乐部。你知道这地方么？”

“不知道。”

“我相信你在那儿会发现别有特色的乐子的。从纽约那种喧嚣、污秽之中走来的人，会突然有种置身于某一类英国乡间别墅的感觉。至于那屋子是属于哪个家族的，那真是天知道——我估摸着是哪个会员家里租给俱乐部的吧。但屋里的墙上都挂满了肖像画，那效果真是让人流连忘返。常人所能想到的寻常物件那儿都能找到，譬如‘绅士情趣’酒。让人称奇的是，那儿还有一些如今在英国轻易寻不见的东西，譬如优质的‘牛劲冲天’酒。你父亲和我尝过之后，都觉得我们有日子没有喝过那么给劲的‘牛劲冲天’了。”

“听上去宛若天堂。”

“我还约了巴兰坦·摩根。我不晓得你见过他没有。恐怕我自己也不确定他是不是无聊到叫人有点害怕的那一类。但是萨拉倒是非常喜欢他，大家也都习惯了他随时随地插一脚的存在感了，所以我也请他一道来共进午餐了。说来也怪，我以前认识一个名叫摩根·巴兰坦的人，那是个魅力十足的人。他们俩肯定有什么亲戚关系吧，但我也从来没刨根问底弄个究竟。”乔治一脸渴望地说。

“也许我们今天就能找出答案来。”帕特里克说。

“好吧，但我不确定今天还能不能再问巴兰坦这个问题了。我有种感觉，我以前肯定问过他这个问题。但是我也很难断定到底问没问，因为他的回答从来也没谁听得清。”

“我们几点见面啊？”

“十二点三刻吧，直接在酒吧见。”

“没问题。”

“好的，那再见啦，亲爱的。”

“先拜拜了。我们十二点三刻见。”帕特里克的声音逐渐淡出了。

他又返回了卫生间打开浴缸龙头，然后晃回卧室，给自己倒了一杯波旁酒。泡澡时候不喝酒的感觉就像——就像洗澡时候不喝酒吧。难道还有什么必要非得详细阐述，做个比喻啥的吗?

电视机里传来一个声音，正在无比激动地推介一整套知名品牌的割肉刀，配上一口非常厉害的锅、一套非常漂亮的沙拉碗，一个让人听了就垂涎欲滴的秘方食谱，但这些仿佛还不够，还要添上一台能把蔬菜切成各种不同形状的机器。帕特里克目光呆滞地瞧着，看着电视里的胡萝卜被切成片、切成块、切成条、切成方。

他要的橙汁本来是放在一大堆刨冰里送过来的，但现在冰也全都融化了。一阵沮丧感猛然涌上帕特里克心头，他猛踢一脚早餐餐车，砰地一声撞上了墙。找不到冰搁在酒里了，一想到这茬，他就感觉绝望到不能自已。再继续下去还有什么意义?没有一件事不是错的，没有一件事不是操蛋到让人绝望的。他在床头坐了下来，毫无防备，垂头丧气，手里松松垮垮地握着那瓶波旁酒。他刚想象的场景是，把冰块搁进一杯波旁酒里，再把酒杯放在浴缸外头的一边，云遮雾罩的感觉。为这样的惬意他赌上了自己全部的希望，却发现这计划只能向现实妥协了，这对他而言，跟彻头彻尾的破产也没啥区别了。他抄起那瓶波旁酒来对嘴猛吹了一大口，又把酒瓶放在了床头柜上。伴随着喉咙的一阵刺痛，那感觉让他不寒而栗。

看了下钟，十一点二十了。他得赶紧行动，准备一下当天的正事儿了。现在时间应该留给“快快”和酒精，至于可卡因就只能先丢一边了。要不然，他整个午餐时间都得坐在马桶座上扎针了，以前就是这样。

帕特里克从床上坐起身来，忽然朝着灯罩猛挥一拳，台灯一下就扎到地毯上去了。手里抄起那瓶波旁酒，他又走回了浴室，发现刚放的热水早就从浴缸一侧温柔地溢出，地面上已是水漫金山。帕特里克却不见有丝毫慌张或是惊愕之色，上去慢条斯理地关掉了龙头，用脚把已经被水浸透的防滑垫踢来踢去，于是水又溅到了原本幸免于难的角落里。他开始脱衣服，裤子也被弄湿了，然后把脱下来的衣物朝着洞开的浴室门一把丢了出去。

洗澡水真是快烫死人，帕特里克只好拔起浴缸塞，放掉点热水，再打开冷水龙头。总算能伸进腿去了。但是刚躺进去，又发现水兑得太冷了。他伸手去拿那瓶波旁酒，进来之前放在浴缸边上的地板上了。出于某种他也说不出个所以然的原因，他拿着酒瓶离嘴老远就隔空倒了出来，酒溅了他一脸，顺着脸颊缓缓流下的那些，才被他吸进了嘴里。

瓶中酒很快就空了，他又把空酒瓶按到水下面，眼瞧着泡泡从瓶颈嘟嘟冒出来。然后牵着酒瓶沿浴缸底部转着圈圈，就像在侦查敌舰的潜水艇一样。

头朝下望，他瞧见了自己的胳膊，又开始不由自主地急剧吸气。在那些已经褪色的黄色青肿处，以及老伤疤留下的粉红色纹路之间，还能看见一串刚刚添上的粉色新伤，聚拢在主动脉的周围，又零星地分布在他的胳膊上面。那块脏兮兮的帆布中间，有一个黑色的肿块，那是因为前一晚有一次扎针没戳准导致的。帕特里克猛地意识到，这是他自己的胳膊啊，这念头让他很吃了一惊，让他觉得有点想哭。他闭上眼睛，沉到了水面之下，仅能用鼻子费力地呼吸。这些事情想想就不能忍。

他又猛地从水里坐起来，头像拨浪鼓一样左右摇摆。这时候电话铃响了，这可让他没想到。

他迈出了浴缸，拿起马桶旁边的电话筒。在卫生间里装一部电话真是太有用了——可能是中国那边邀请他赴宴，求他再考虑考虑呢。

“你好？”他拉长调子说。

“嗨，是帕特里克吗？”话筒那头的声音，他一听就能辨认出来。

“玛丽安！接到你的电话真是太好了。”

“听说你父亲去世的消息了，我非常难过。”玛丽安的语气里有些踌躇，但还是深藏着自信的口吻；虽是悄声耳语，但能听出有些沙哑。感觉那声音并不像是从她身体里发出，投射到外部世界的，而像是把整个世界全都拽进了她的身子里。她没有说那么多话，倒是把每个字都吞得清晰明白。甭管是谁，只要听见她的声音，就很难不去遐想她那悠长、顺畅的喉咙，以及那优雅的S形身材。这种S形身材的效果，还因为她脊柱略显夸张的曲线而放大了，也让她的酥胸隆得更前，美臀翘得更后。

他居然从来没跟她睡过，这是为啥？可能是玛丽安从未向帕特里克展示出任何肉欲的信号吧，这才让两人从没擦出过火花来。但也可能是因为她和黛比之间的友谊。帕特里克扫了一眼镜子里的自己，心想，她到底是如何抵挡住自己的诱惑的？

去他妈的。他居然不得不依靠她的怜悯了。

“好吧，你知道那是啥感觉的。”他拖长的调子里有嘲讽的意味，“死亡嘛，是什么触痛了你呢？”

“这世上所有的恶，皆因为有一个罪恶的角色而背负恶名；而死亡在这所有恶之中，死亡之于其背负的罪责是最清白的。”

“一语中的啊。”帕特里克说，“不过这话是谁说的？”

“毕肖普·泰勒，在他那本《神圣死亡的正确法则》[1]里说的。”玛丽安揭晓了答案。

“这是你最喜欢的书吗？”

“这本书太棒了。”她喘着粗气、声音沙哑地说，“我向上帝发誓，这是我读过的最优美的散文了。”

她也很聪明。真是越想越不能忍，他一定要得到她。

“你跟我吃个饭好吗？”帕特里克问她。

“哦，老天啊，我真希望……”玛丽安依旧喘着气，“但是我已经约好跟我爸妈吃饭了。要不你也一起过来啊？”

“那样可以的话真是太好了。”帕特里克嘴上这么说，心里还是挺愤恨没能跟她单约的。

“太好了，我跟我爸妈说一声。”她用喉音说着，“你就在七点左右直接上他们家去就行了。”

“完美。”帕特里克答道，然后，没有一点点防备，加了一句，“我爱你。”

“嗨！”玛丽安的这声回答有点语焉不详，“那晚点见啦。”

帕特里克挂上了电话。他要得到她，他一定要得到她。她可不仅仅是他凭着贪婪的欲望追逐的最新目标，这份欲望亟待

1 毕肖普·泰勒和《神圣死亡的正确法则》疑为作者虚构的人名和书名。

拯救，要靠对目标的追逐才能自我治愈；而她，正是那个足以拯救他的真命天女。凭借她良好的理解力、深切的同情心以及天使般的肉体，没错，天使般的肉体，可以成功地把他的注意力，从他情绪所陷的幽暗井中，从他对往昔的苦思冥想中转移过来。

如果能得到她，他愿意彻底和毒品说拜拜；或者至少，在嗑药的时候能有个漂亮妞陪在身边。他又咯咯笑了起来，有些狂野，然后抄起一条浴巾裹在身上，昂首阔步走回了浴室。这一下，又重新容光焕发了。

他此刻看来就像坨屎，这话没错。但谁都明白女人到底看重男人身上的哪些点，除了大把的票子之外，还要待人温柔，有幽默感。待人温柔，他可不擅长这点，而且自我感觉也不是特别会逗人笑的那类。但他俩这一遭算是关于命运的：要么得到她，要么他就去死。

现在是时候面对现实了。先吞一片“黑美人”，然后把可卡因锁进旅行箱里。他从外衣口袋里夹出一个胶囊来，迅速吞掉，这回的效率可是高得可以。正在收拾残留下来的可卡因呢，他突然寻思再来一针又何妨呢？毕竟，他已经坚持四十分钟没扎针了，未来几个小时里也不会有机会再来一针。他已经懒到不想完成整个仪式般的流程了，拿起针头，在手背上找到一处容易扎针的静脉，刺进去，然后把活塞一推到底。

当然了，这回药物的作用比先前微弱多了，他也意识到了这一点，至少走道儿还不成问题。要是觉得有些站不稳，就把双肩耸起到几乎齐耳的高度，然后把下巴收紧了。

一想到要有那么久不能碰可卡因，他就觉得各种不能忍。但是如果随身带货的话，那肯定没法控制住自己。比较明智的做法，是预先准备好几针随时可以注射的玩意儿。一针就用他整晚都在用、都快用坏了的旧注射器，那橡皮活塞差点就要黏在针筒壁上了；另外一针就用那个崭新的、还没用过的新注射器。有些男士习惯在西装前胸口袋里装一块手帕，以便碰上女士流眼泪、打喷嚏这样的紧急情况时，能够及时出手相助。他的习惯跟这有点像，不过他塞进那口袋里的是几个注射器，当一波又一波持续更新的空虚感朝他汹涌而来时，会派上用场的。哔！哔！做好准备啦！

正当帕特里克又一次深受幻听之困时，他无意中偷听到了警察和酒店一位工作人员之间的对话。

“这家伙就是个普通旅客吗？”

“不是，他像是那种‘一辈子就度这一次假’的人。”

“是啊，是啊，”帕特里克不耐烦地嘟囔道。他才没那么容易就被吓到呢。

他穿上了一件干净的白衬衫，披上他的第二件西装，那是件深灰色人字斜纹的西装，顺脚套上了皮鞋，与此同时扣上了金质的袖口链扣。他有条银黑色相间的领带，很不幸，就是这仅有的一条领带，现在也沾满了血渍了。但他还是想办法掩盖住了这个尴尬的事实，就是把领带故意打得非常短，但这样就得把衬衫较长的那一头塞进衬衫里，这可是他一直嗤之以鼻的做法。

他左眼的问题解决起来还要更棘手一点。左眼现在完全睁不开了，只有偶尔神经刺激后的微颤。要是使把劲儿，倒还是能把左眼睁开的，不过那样得把眉毛扬得老高，摆出一副义愤填膺的模样。一会儿去钥匙俱乐部的路上，他得半路找家药店，去买个眼罩戴上。

他西装胸口的口袋够深，就算把两根注射器的针头安上，藏进去也不会被人发现。至于那袋海洛因，藏在西装的票袋里也是正正好。一切都尽在掌握之中，除了两件事—— 一是他大汗淋漓，跟一头快要挨宰的肥猪一样；二是他总有一种挥之不去的感觉，觉得自己忘掉了什么至关重要的事儿。

帕特里克把门上的链条锁取了下来，依依不舍地回望了一眼房间里的乱象。身后留下的，带着腐臭，黑漆漆一片，乱糟糟一团。窗帘还拉得严严实实，床都没理，枕头和衣服都丢在地板上，台灯碰倒了，手推车送上来的食物，在温暖的空气中都开始腐烂了。卫生间里已是水淹七军，电视荧屏一闪一闪的，节目里听见一个男人在叫嚷：“欢迎光临疯狂埃迪！超低价格让你疯狂！”

帕特里克迈出门去来到走廊，霎时就看到有个警察站在隔壁房间的门前。

他的大衣啊！刚想不起来的就是这事儿。但是如果转身返回房间去，会不会看起来心里有鬼呢？

于是他在走廊里来回踱步，然后忽然大声嘟囔一声：“哦对啊，我一定是……”故意引发警察的注意，自己却大摇大摆、满脸惊悚地跑回了房间。警察在那儿干吗呢？他们看得懂刚才的这一波操作吗？

他的外套拿在手里感觉很重，却又没有往常的那种厚实感。他不能在房间里耽搁太久，否则屋外的警察要想这家伙回去干吗呢。

“你穿上这件外套怕是要被煎熟了吧。”警察微笑着说。

“这样不犯法，是吧？”帕特里克说完才发现，这语气比他预想的要咄咄逼人得多。

“通常情况不犯法。”警察装出一副严肃的模样答道，“我们是可以逮捕你的，不过现在腾不出手来了。”他补上一句，外加一个爱咋咋地的耸肩。

“这屋出什么事了？”帕特里克换了一副某选区国会议员的口吻。

“有个家伙心脏病突发死了。”

“派对开完了呗。”帕特里克颇有些暗自得意的意思。

“这儿昨晚还开派对了？”警察的好奇心倏地被激发起来了。

“没，没，我刚意思是……”帕特里克觉得自己刚扯得太远了。

“你有没有听到任何噪音、哭喊声，或者其他异常的动静？”

“没，啥也没听见。”

警察看似松了一口气，伸手摸了摸自己大面积秃顶的脑袋。“你是从英国来的吧，对不对？”

“没错是的。”

“听你口音就猜得出来。”

“那你很快就可以成为一名侦探啦。”帕特里克咋咋呼呼地应和道。他摆摆手往外走，走廊上地毯的粉色浓得几乎要溢出来了，而两旁装满鲜花的瓮泛着绿光。一想着警察的目光可能还没离开自己离开的背影，帕特里克立马就有一阵灼烧的感觉。

第十章

带着一种异乎寻常的热情，帕特里克爬上了钥匙俱乐部的层层台阶。此刻他的神经就像上头起保护作用的石板掀开后，下面爬满一床的白蛆暴露在日光的曝晒之下，那种蠕动的状态。帕特里克戴着眼罩，匆匆忙忙而又心怀感激地闯进俱乐部幽暗的大厅里。身上的T恤被汗水浸透了，紧贴在后背上。

大厅的行李员悄无声息地出现在他身后，接过了他刚脱下的大衣，然后引着他穿过一条狭窄的走廊。两侧墙上挂着的纪念画上，净是些功勋卓著的狗狗、马匹，还有仆人，另外还有那么一两个卡通形象，总能让人回忆起某些过世的俱乐部成员，他们那脆弱、长期被人忘却的怪癖。乔治说得一点没错，这里就是供奉着英式美德的一座庙。

他又被引导进入了一间宽大的、装着护墙板的房间，屋里净是维多利亚时代设计风格的扶手椅，有绿色的，也有棕色的。还挂着几张巨幅的油画，泛着光泽，画的是狗狗嘴里衔着一只鸟，一脸乖巧的模样。帕特里克看见乔治站在角落里，正在和别人聊着天。

“帕特里克，亲爱的，你没事吧？”

“你好，乔治。”

“你那眼睛出了什么问题啊？”

“就有一点轻微的肿胀。”

“哦，亲爱的，好吧，我希望很快就会消掉啊。”乔治一脸真诚地说，“你认不认识巴兰坦·摩根啊？”他边问，边转身指向一位身材矮小的男士。他有淡蓝色的双眼，一头白发分毫不乱，小胡子也像是精心修剪过的。

“你好，帕特里克。”巴兰坦打着招呼，紧紧地握住了帕特里克的手。帕特里克注意到他戴着一条黑色、丝质的领带，心想他是不是也有什么重要的人去世了。

“听说你父亲去世我非常难过。”巴兰坦说，“我并不认识他本人，但是刚乔治向我介绍了很多关于他的事，听起来他应该是一位了不起的英国绅士。”

苍天啊，帕特里克心里念叨着。

“你都怎么跟他介绍的啊？”帕特里克带着责备的语气问乔治。

“我就介绍了，你父亲是一个多么与众不同的人。”

“好吧，说他与众不同这点还是深得我心的。”帕特里克说，“我从来就没有碰到过跟他一样的人。”

“他从不妥协。”乔治慢条斯理地说，“他老说的那句话是什么来着？要就要最好的，不然索性不要。”

“我自己也一直秉持这一原则啊。”巴兰坦的应和带着愚蠢的自负。

“你要喝一杯吗？”乔治问。

“你今天早上向我热情推荐的那叫‘牛劲冲天’的鸡尾酒，我想来一杯。”

“热情推荐？”巴兰坦爆发出一声狂笑。

“是啊，总有一些事情能让你充满热情的吧。”乔治微笑着回应。说着，他看了一眼吧台小哥，然后微微地举起了食指。“你父亲不在，我也感觉好像少了些什么。”他接着说，“说来也奇怪，就在他去世的当天，我们本来是约好要共进午餐的，就约在此地。我们上回见的时候，一起去了一个完美绝伦的所在啊，而且还精心安排了一番，感谢巴黎那家叫‘旅行家’的旅行社——我都不敢相信那是人家礼尚往来请我们去的了。那儿的人物肖像足有真人尺寸四倍大——我们还因为这事儿笑了老一阵子——他身形保持得不错，虽然，也免不了有一股失望的暗流在那表象之下涌动着。那次访问，我觉得他真的玩得挺开心。有一点你得记住了，帕特里克，你让他感到非常骄傲。我相信你也知道这点。真的非常骄傲。”

帕特里克觉得恶心坏了。

巴兰坦看起来有些无聊，这也正常，毕竟现在聊天的主题是他完全不认识的一个人。他非常渴望能聊聊他自己，这也算人之常情，但他也觉得应该先停下来一小会儿。

“是的。”乔治对侍者说，“给我们来两杯‘牛劲冲天’，然后还要……”他朝巴兰坦凑近了一下，像是要征询他的意见。

“我再来一杯马天尼好了。”巴兰坦说，然后又是一阵短暂的沉默。

“居然有那么多忠实的猎犬啊。”帕特里克环视着屋子墙上挂着的画，有些疲倦地说。

“我想这个俱乐部的很多会员对打枪都很热衷啊。”乔治说，“巴兰坦就是这世界上最好的神射手之一。”

“呜哇，呜哇，呜哇。”巴兰坦表示抗议，“应该说，我曾经是这世界上最好的神枪手。”他伸出双手，仿佛是要把那股自鸣得意的气息给收回去。但那显然没啥效果，就像克努特国王面对又一股来自自然的力量时一样。“到现在还没丢的，”他还是忍不住要指给别人看，“就是我收藏的各类枪支吧，这方面的收藏可能是全世界独一号了。”

这时侍者回来了，端来了他们点的三杯酒。

“你能帮我再去拿下那本书，《摩根枪支收藏》吗？”巴兰坦又问。

“好的，摩根先生。”听那侍者回答的口气，之前没少执行过这个要求。

帕特里克尝了一口杯中的“牛劲冲天”，发现自己竟然忍不住微笑起来。他又一口气闷掉了半杯，然后把杯子放下，过了一小会儿又重新拿起，对乔治说：“这‘牛劲冲天’你还真是推荐对了。”然后把杯中酒一饮而尽。

“你要再来一杯吗？”乔治问。

“我觉得不妨再来一杯，味道好极了。”

侍者绕了个道回到桌旁，拿出一卷巨大的书，白封皮的。从另一个角度瞥见，那本书的封面上是两把镶嵌银丝的手枪。

“拿来了，摩根先生。”侍者说。

“啊哈。”巴兰坦边接过书边说。

“再来一杯‘牛劲冲天’，可以吗？”乔治说。

“好的，先生。”

巴兰坦强忍着得意，才没有笑得露出牙来。“这儿的几把枪，”他敲了敲那本书的封面，“是十七世纪西班牙产的决斗用手枪，可能是全世界最昂贵的武器了。要是你对此没概念，那我告诉你，光是换个扳机，就得花上好几百万美元。”

“这价钱，足以让你怀疑还值不值得来一场决斗了。”

“光是原装的枪刷，就值两百五十美元。”巴兰坦轻声笑着说，“所以你大概不会愿意开枪开得太勤快的。”

乔治看着一脸苦相，也无甚兴趣。但是巴兰坦可是根本停不下来了。他要摆出人生赢家的姿态，执行一项宝贵的任务，把帕特里克的注意力从丧父之痛中解救出来。他又戴上了一副半月形的玳瑁眼镜，头往后缩了一点，满怀敬畏之情盯着那本书看，一页一页飞速地掀了过去。

“看这，这个。”他停下了翻页的步伐，沿着书脊敞开，展示给帕特里克看，“这是有史以来生产的第一把温切斯特步枪。”

“真养眼。”帕特里克叹了口气。

“以前我在非洲狩猎的时候，用这枪射中了一头狮子。”巴兰坦坦诚地说，“射了好几枪才中的。这枪跟现代生产的武器不一样，没有口径的。”

“你肯定对这枪的连发功能特别感激吧。”

“哦，当时还有几个可靠的猎人帮我打掩护，”巴兰坦沾沾自喜地说，“在我描写那次非洲狩猎之行的书里，我详细记述了当时的情况。”

这时侍者回来了，手里捧着帕特里克要的第二杯“牛劲冲天”，腋下还夹着另一本体积庞大的书。

“哈利说，你大概也需要这一本吧，摩根先生。”

“好的，我真是贼吃惊了。”巴兰坦说了句土话，鼻音挺重。说着，他伸长脖子坐回了椅子里，满脸堆笑地望着那侍者。“我刚提到这本书，这本书现在就摊开在我膝盖上了。这才是我所说的服务啊！”

他打开了新拿来的这卷书，神情还是同刚才一样的享受。“我有些朋友很会夸人，他们说我写的散文文风非常优美。”虽然他努力用一种大惑不解的语气来解释这件事，但别人并听不出这层意思来。“但我自己觉不出来有啥文风，我就是照实把事情记录下来罢了。我去非洲的那场狩猎之旅，是如今已不复存在的一种生活方式，我这本书里也就是实话实说罢了，就这样。”

“是的。”乔治慢条斯理地说，“新闻记者还有其他诸如此类的人，写了一大堆胡说八道的东西，还美其名曰‘快活谷[1]系列’。其实啊，那里我去的次数也不少了，我可以告诉

1 指20世纪20到40年代之间，在大英帝国非洲殖民地肯尼亚和乌干达阿伯德尔山脉附近一个叫“快活谷”的地方，诸多英国和盎格鲁-爱尔兰贵族前去探索、享乐。但是从30年代起，这群人因为其过分追求奢华享乐的生活风气，以及吸毒、性滥交等问题而变得声名狼藉。

你的是，那边不开心的事一点也不比别处多，那边的醉鬼也一点不比别处多。那边的人，举手投足和伦敦、纽约的那些人无甚区别。”

乔治探过身来，拾起了一颗橄榄。“在那里我们的确是穿着睡衣用餐的。”他思忖过后补充道，“这一点我觉得的确是有点不同寻常。不过这不是因为我们猴急得逮着个人就一起上床，当然了在那儿这种事情发生得还是挺多的，到哪儿也都是这样啊。之所以有这样的习惯，是因为我们第二天一大早起床就要去打猎。下午打猎归来之后，我们通常会‘喝一轮’，也就是威士忌混着苏打水喝，唉其实混什么都行，自己定。然后他们就会说，‘洗澡了，老爷，到洗澡时间了！’然后赶着你去冲个澡。然后再喝过几轮之后，大家都穿着睡衣一起用餐。大家的行为举止跟在其他地方都没什么两样，虽然我必须得承认，他们喝得那叫一个多，那叫一个多啊。”

“听着和天堂没啥两样。”帕特里克说。

“是这样，你知道的，乔治。喝酒和那种生活方式是一致的。喝下去的酒，出出汗就都蒸出来了。”巴兰坦说。

“对的，是这么回事。”乔治说。

就为了出一身汗，非得跑到非洲去？帕特里克心里想。

“这张照片，是我和一头坦噶尼喀[1]山羊的合影。”巴兰坦边说，边把刚才侍者拿来的第二本书递给帕特里克，“当地人跟我说，这一物种当时只剩下这么一头强壮的雄性山羊，我当时心里别提有多复杂了。”

苍天啊，他也这么多愁善感，帕特里克心想。他看了一眼照片上年轻时的巴兰坦，戴着卡其色的帽子，跪坐在一头山羊尸体的身旁。

“这张照片是我自拍的。”巴兰坦故作轻松地说，“有许多专业的摄影家都求我告诉他们所谓的‘秘诀’，但是我只能让他们失望了——要说唯一的秘诀，就是找到一个让你神魂颠倒的主题，然后用你所了解的最佳方式把它拍下来。”

“很绝妙。”帕特里克嘟哝道。

“有的时候，纯粹是出于虚荣带来的愚蠢冲动，”巴兰坦喋喋不休地说，“我会混迹到那帮狩猎者中间，然后找个男孩子来摁下快门——他们都能完成得相当不赖。”

“啊，”乔治异乎寻常表现出一丝热情，“汤姆来了。”

走来一个高得出奇的男人，穿着件蓝色的泡泡纱西装，在桌子和桌子之间缝里开出一条道来。他那一头灰白头发虽然已

1 指坦桑尼亚的大陆部分，位于非洲东部，濒临印度洋。

经稀疏，却还是乱糟糟的一团。

巴兰坦把两本大书合上，放在自己膝盖上。他那令人发指的虚荣心，终于跑完了一圈回路。他刚滔滔不绝地聊的那本书里，写的是他自己拍的照片，而那照片拍的是他自己用猎枪射杀的动物，而那猎枪又属于他自己壮丽恢弘的收藏，而那收藏又被拍成照片（哎呀呀，总算不是他自己拍的了）展示在了第二本书里。

“这是汤姆·查尔斯。”乔治互相介绍道，“这是帕特里克·梅尔罗斯。”

“我看你刚才在跟那个文艺复兴时期的人说话吗？”汤姆操着沙哑干涩的嗓音说，“你还好吗，巴兰坦？你刚是生怕梅尔罗斯先生不知道你那些丰功伟绩吗？”

“不是，我以为他可能对枪还有点兴趣。”巴兰坦看起来有些愠怒。

“在你的脑子里，恐怕就**没有**哪个人对枪没兴趣的吧。”汤姆继续哑着嗓子说，“听说你父亲去世的消息我很难过，我猜你现在肯定是心力交瘁了。”

“我想我的确如此。”帕特里克有点措手不及，赶紧答道，“谁碰上这样的事都挺不容易的吧。不管是什么感觉，都会愈发强烈。这一刻真的能感受到一切。”

“你是要先喝一杯呢，还是直接去吃午餐？”乔治问。

“直接开吃吧。”汤姆说。

这四人站起身来。帕特里克注意到，两杯“牛劲冲天”下肚之后，他的双脚走路时踩得踏实多了。不过，“快快”带来的那份持久、清晰的痛感跳动着，他依旧能觉察到。也许他应该趁着还没开饭，抓紧时间再给自己一针？

“厕所怎么走，乔治？”

“哦，穿过这扇门，角落里就是了。”乔治答道，“我们先去饭厅等你了，上楼往右走就到了。”

“我过会儿来找你们。”

帕特里克临时脱团，朝着乔治刚指向的那扇门走去。在门的另一头，是一间用黑白两色大理石铺就的房间，宽敞、凉快，配有闪亮的铬合金装备，和一扇红木的门。一排整齐的水池尽头，码着一堆浆洗干净的亚麻布毛巾，在毛巾一角用绿色的棉线绣着“钥匙俱乐部”的字样。在一旁，立着一个柳条编成的篮子，扔掉的和用过的毛巾都丢在里面。

帕特里克突然行动，效率要高，动作要轻。他抄起了一条毛巾，倒了一玻璃杯的水，然后溜进了一扇桃花心木门后的小隔间。

没有时间可浪费了。帕特里克放下玻璃杯、丢掉毛巾、脱掉夹克衫的动作连贯得仿佛一气呵成。

他坐在马桶圈上，把毛巾摊开在自己大腿上，小心翼翼地把注射器放在上面。他卷起衣服袖子，在二头肌处紧紧固定，就当是条止血带凑合用了。他又心急火燎地把拳头握紧、松开，如此往复，另一只手的大拇指把针头上的盖子揭开。

他的静脉仿佛羞赧得不愿现身，但是他碰运气朝二头肌的位置扎了一针，就在卷起的袖子下方，眼前瞬间浮现出一幅叫人心满意足的场景：一团红色的蘑菇云在针筒里舒展开来。

他一狠劲儿把活塞一推到底，然后一刻不耽误地把卷着的袖子放下来。就好像，这样能让里面的针剂驶上一条高速公路，飞速扎进自己的身体里。

帕特里克擦干净手臂上汩汩流下的鲜血，又把针头扔进马桶里冲走，激起些淡桃色的马桶水溅在毛巾上。

刚才那一发让他大失所望。虽然他的双手还在瑟瑟发抖，心脏还在扑腾个不停，他却没有感受到那一丝带着幸福、几近昏厥的快感。那是一个心碎的时刻，像一个溺水者的自传那样压缩凝练，但也像鲜花的香气那样触不可及，却如此亲密。

如果刚那一发达不到效果，那注射可卡因还他妈的有什么意义？真是让人不能忍。对于这样的结局，他既感到满怀的愤恨，却又惶惑不安。帕特里克又掏出了第二根注射器，又坐在了马桶圈上，卷起了袖子。奇怪的是，这一发的效果似乎来得愈发猛烈，衬衫的袖子就好像大坝一样拦住了试剂的去路，从注入体内到直通大脑，花的时间比往常久了不是一点。甭管怎么样，他现在都要集中精神开始第二发了。肠子一下松弛下来所带来的兴奋感和恐惧混合在一块儿，带着这样的情绪，他费了老大力气才拿针头对准了原来扎针的那个点。

直到他把卷起的衬衫袖子又放下来的时候，才发现自己犯了个严重的错误。注射的量太大了。虽然他需要注射很大的量才能感到满足，那这一回远远地超出了实际所需。

药劲儿太猛，他连冲水的力气都没有了。他刚给一个崭新的注射器盖上盖儿，就把东西摔在了地上。帕特里克身子倚着小隔间的墙壁慢慢滑下来，脑袋倒向一边，喘着粗气，脸部肌肉不住地抽搐，活像是一个刚刚冲过终点线，却没能赢下比赛的长跑运动员。新鲜冒出的汗液，刺得他每一寸皮肤都生疼。双目紧闭，一连串画面走马灯似的飞快地掠过他内心的视域：一只蜜蜂像喝醉酒似的，撞在了一片被花粉压得沉甸甸的花瓣上；一面即将土崩瓦解的大坝，水泥墙上四处遍布着大小裂痕；一把长长的利刃，砍进了鲸鱼尸体上拉下来的一长条鲸鱼肉；一个用作葡萄酒榨汁的桶里装的都是挖出来的人眼睛，黏糊糊的，一颠一颠。

他强打精神睁开了双眼。他内心的人生，毫无疑问正在走向衰亡。所以更加审慎的做法，还是回到楼上去直面他人，即便那样产生的效果仍会让他惶惑。要不然，就只有在这支离破碎、疯狂暴戾的臆想所建造的泥潭里，越陷越深了。

就当帕特里克扶着一列洗手池后面的那面墙，努力摸索着前行时，他被一种幻觉式的声响给擒住了，但幻听的内容却难以组成文字表述。他能听到的，只有一长串扭曲到变形的声响，以及对于空间的恐怖感知，就像被放大了的呼吸声一样。

他抹了一把脸，又把那一杯子血水倒进了下水道里。这时他才想起还有第二根注射器，于是手忙脚乱地清洗干净，眼睛还透过镜子盯着卫生间门口，生怕有人推门进来。他手抖得太厉害了，要把注射器握牢，伸到水龙头底下都费劲。

从他脱离大部队到现在，大概过了几世纪了吧。这会儿，那帮子人应该开始点单了。虽然已经喘得上气不接下气，但他还是被当下的紧迫感疯狂驱使，把还没擦干的注射器塞回了胸前的口袋里，急匆匆地穿越酒吧返回，跑进大厅，又顺着主楼梯向上爬去。

在餐厅里，帕特里克看见乔治、汤姆和巴兰坦还在研究菜单呢。他到底让他们等了多久，让他们如此礼貌地将用餐时间向后顺延？他踉踉跄跄地朝餐桌走去，而他身边的空间，因为那一长串扭曲到变形的声响，也变得没了形状。

乔治抬起头来看看他。

“啾……啾……啾……”他问了声。“楚——楚——楚——楚。”巴兰坦应和道，发出了直升机式的声响。

“哎噢哇。哎噢哇。”汤姆也给出了回应。

他们几个他妈的想跟我说点啥啊？帕特里克坐定下来，掏出淡粉色的手帕，又抹了一把脸。

“嗖特。”他说的这句用的是一种极富弹性的耳语。“楚——楚——楚。”巴兰坦还是这样应和。

乔治面露微笑，但帕特里克还是感到很绝望。因为这声音从他身边穿流而过时，那画面就像下雨天街上的刹车灯一样。

“啾……啾……啾……哎噢哇。哎噢哇。楚——楚——楚。”

面前就是菜单，但他此刻一脸懵，就好像以前从没看过这玩意儿一样。每一页上写的都是些死掉的玩意儿——死牛、死虾、死猪、死牡蛎、死羊——一股脑儿拉出来，就像是一份死难者清单一样。旁边还有一份简要的说明，介绍这些死难者的尸体经过了怎样的加工工序——是做成烤串呢，整个架上烤炉烤呢，烟熏呢，还是水煮呢。苍天啊，要是他们觉得他会愿意把这些东西吃进肚子，那真的是脑袋坏了。

他曾经亲眼目睹过，暗红色的鲜血从一头山羊的颈部喷涌而出，喷溅在草坪上的枯草上。苍蝇四处乱飞。内脏散发出恶臭。当他小心翼翼地把一根胡萝卜从地里拔出来的时候，他都能听到根在哭泣。一个人只要活着，就不免蹲在一大坨腐朽、残忍、肮脏、血腥的玩意儿之上。

要是他的身体可以化作一块玻璃就好了，那是挡在两段空间之间的，没有血肉之躯的间隔。两边他都了然于胸，却并不归属于任何一方。只有这样，他才能将自己解脱出他对自然界其他事物所犯的那些粗俗、野蛮的罪行，获得心的自由。

“啾……啾……完？”乔治问道。

“唔……我要……唔，呃，我还是，”帕特里克觉得发出的声音和自己渐行渐远了，就好像是从双脚边发出来的一样。“我要……唔，呃，来……一杯……‘牛劲冲天’……早饭吃得晚……呃……其实不是很饿。”

说完这些词儿产生的效果是，他几乎喘不过气来了。

“楚——楚——楚——楚。”巴兰坦表示反对。“哎噢哇。哎噢哇啾？”汤姆问道。

他们说的“啾”到底代表了啥呢？他这神游症可是变得越来越复杂了。再过不了多久，乔治又要开始说“楚”或者“哎噢哇”了，那样的话他到底是站在哪儿呢？他们中的任意一位是站在哪儿呢?

“再过裂杯（再给我来一杯）[1]。”帕特里克喘着粗气说，“当真的。”他又揉了揉眉毛，目不转睛地死盯着红酒杯的底部。阳光正巧穿射过那个点，在桌布上投下一条断骨般的光痕，就像是手指骨折后照的X光片子。周遭那些扭曲变形、回响不停的声音开始渐渐散去了，最后就像没有调过台的电视机发出微弱的嘶嘶声。此刻将他与身边发生的一切所割裂开来的，不再是惶惑和不解，而是一种悲伤，就像是做爱完事后的贤者时间。“玛莎·波音，”终于听清巴兰坦说的话了，“她告诉我，在开车去纽波特的路上，突然像中了咒语一般头晕目眩。然后她的医生就嘱咐她，随身带上些小块的奶酪，在路上吃——很明显，这是某种蛋白质缺乏造成的症状咯。”

“玛莎营养不良的症状不可能太严重吧，我是没法想象。”

“好吧，”乔治用外交口吻回应道，“但也不是每个人都像玛莎这样，要如此频繁地被开车载去纽波特的。”

“我之所以提这茬，是因为我，”巴兰坦的语气中带着些自豪，“因为我也曾有过相同的症状啊。”

---

1 原文中帕特里克将“Just another shot”并作一个“Justanothershort”词说出，语速极快，故而译文中将“再给我来一杯”的部分音节合并，译作“再过裂杯”。

“也是在同一条道上吗？”汤姆问。

“就是在同一条道上。”巴兰坦确认了他的猜想。

“好吧，那就是纽波特的毛病了。”汤姆说，“是纽波特把你身体里的蛋白质给吸干了。也只有平时健身的人，才能不靠药物支撑就顺顺当当把这条道跑下来。”

“但是我的医生啊，”巴兰坦耐心地解释道，“推荐我服用花生黄油。玛莎不太相信这玩意儿，她觉得那些法式小奶酪就很好。因为她可以把外面那层包装给剥了，然后把奶酪扔进嘴里吃掉。她就想问，花生黄油应该是个什么吃法。‘拿勺子舀啊，’我这么回答她，‘就像吃鱼子酱一样。’”巴兰坦说着咯咯笑出了声，“她没有再多加回应，”他讲完这一段时，带着胜利者的神气，“我觉得她下一回可能也要换花生黄油试试效果了。”

“该有人去跟桑帕牌[1]提个醒了。”汤姆说。

“对啊，你一定得小心行事。”乔治不紧不慢地说，“要不然，你就等于给这黄油带销量来了。这些纽波特人只要一迷上什么东西，就根本没办法叫他们停下来。我记得有一回，布鲁克·里弗斯问我身上的衬衫是在哪里定做的。后来我再去那

1 一个始于20世纪30年代的英国花生黄油品牌，现已被英国最大的食品生产商“第一食品”收购。

儿定做衬衫的时候，他们告诉我等候的名单已经排到两年之后了。他们还说，来自美国的订单数量迎来了一波异乎寻常的激增，真是完美。好吧，当然啦，我知道这事儿是谁干的了。”

一位侍者走上前来准备为他们点单。乔治问帕特里克，他是不是百分百确定自己不想吃点“硬菜”。

“百分百确定。不要硬菜。”帕特里克回答说。

“我可从来没见过你父亲胃口不好的样子。”乔治说。

“是没有。他身上至少还有那么一件事是可靠的。”

“哦，我们不要把事情扯远了。”乔治抗议说，“他弹钢琴弹得非常棒，曾经可以弹到所有人一整晚不睡，”他又向别人解释说，“就听他弹奏那段最引人入胜的曲子。”

不就是东拼西凑，滑稽模仿，两只手像葡萄树树桩似的卷曲到一块儿嘛，帕特里克心里想。

“没错，弹钢琴这件事上，他还是颇为值得称道的。”帕特里克大声说出了这句。

“在与人交谈这件事上也如此。”乔治补充说。

“嗯……”帕特里克说，“这就取决于你觉得值得称道的到底是啥了。有些人就不喜欢他那种一气儿不容打断的粗鲁劲儿，至少我有听说过。”

“都是谁啊这么说？”汤姆边问，边环视房间一周，强做出一副警觉的模样。

“事实如此。”乔治说，“有那么一两回，我不得不提醒他说话不可以那么咄咄逼人的。”

“然后他是怎么做的？”巴兰坦边问，边把自己下巴朝前探出少许，好让被领子勒得太紧的脖子稍微松快一些。

“他叫我滚一边去。”乔治的回答简单直接。

“太可怕了。”巴兰坦边说，边瞅准了一个炫耀自己智慧和外交才能的机会。“你知道啊，人们总是喜欢为最岂有此理的那些事儿争个不停。为什么这么说呢？我花了整整一个周末试图劝服我老婆，在我们抵达纽约的那个晚上去莫蒂默餐厅吃饭。‘我自己都快吃成莫蒂默了，’她不停地叨叨，‘我们就不能去别地儿吃吗？’当然了，她也给不出别的建议来。”

“她当然给不出了。”汤姆说，“她怕是有十五年没见过别的餐厅里面长什么样了吧。”

“都快吃成莫蒂默了。”巴兰坦复述着他老婆的那句话。想到自己娶了一个这么循规蹈矩的女人，他就不免有些着急上火，还掺杂了些许自负在里面。

这时候一份龙虾、一份烟熏三文鱼、一份螃蟹色拉，还有一杯“牛劲冲天”端上了桌子。帕特里克贪婪地把酒杯举到唇边，然后突然定住了。他听到了一头牛歇斯底里般的怒吼，就好像面前这玻璃杯中黏糊糊的液体里面，开了一家屠宰场一样热闹。

“操他妈的。”帕特里克嘟囔完，牛饮一大口。

但是他的这份蔑视，很快就换来了一种鲜活的幻象，仿佛肚子里长了只蹄子，拼命踢他的肚皮，想要找到出来的路。他还记得自己十八岁那年，在一间精神科病房给他父亲写信，努力解释清楚他为啥会出现在这地方。后来，父亲给他回了一张简短的便条。条子上是用意大利语写的，他父亲明知道儿子是看不懂的。于是帕特里克查了些资料，才发现这是但丁《地狱》中的选段：“你们要考虑你们的起源/你们并非生来就像禽兽般活着，一事无成/而是要追求知识与善行。[1]”在当时，这看似恢弘壮丽的回信让他感觉沮丧万分，可如今却让他顿然感到一丝崭新的关联感。他听着奶牛的嚎叫声，那抽着鼻子进气吸气的声响，就觉得，或者说以为自己觉得，又有东西朝着他肚子的内壁猛踢了一脚。

他又迎来一阵加速的心跳，又狠出了一身汗，又灼得他全身的皮肤生疼。帕特里克这才意识到，自己快要生病了。

“不好意思我走开一下。”他招呼着，猛地起身立起来。

1　此句节选自中古时期意大利文艺复兴时期诗人但丁《神曲》的第一部分《地狱》第 26 章的诗句，该部分讲述了尤利西斯最后一次远征的故事。

“你没事吧，亲爱的？”乔治问。

“我感觉很不舒服。”

“要不我们给你叫个医生来吧。”

“我能联系到全纽约最好的医生。”巴兰坦说，“提我名字就行了，你只要……”

帕特里克感觉胆汁都快从肚子里泛上来了，嘴巴里顿时尝到一股苦味。他又倔强地把胆汁咽回去，都来不及感谢巴兰坦的慷慨相助，就着急忙慌跑出了餐厅。

站在楼梯上，帕特里克强忍恶心吐了第二回；比起刚第一回吐的，这次可算有内容多了。一阵又一阵的恶心泛上来，把他肚子里的那些玩意儿朝上托举到嘴边，而且一次比一次来得猛。他感到一阵头昏眼花，吐得眼泪汪汪，面前的东西都看不真切了。于是他笨手笨脚地扶着走廊朝下走，还碰倒了斜挂在他肩头上方的一张狩猎照片。好不容易总算摸索到让人神清气爽、大理石打造的避难所——也就是卫生间了，他的双颊已经肿得跟刚演奏完的小号手差不多了。有位俱乐部的会员正站在镜子面前，正经八百地欣赏着自己的那副尊荣，猛地看到帕特里克，先是理所当然地感到不快，毕竟被打扰了；下一秒就立刻变得警觉了，毕竟面前靠着自己那么近的这个男人，眼看就要吐了。

帕特里克费了死劲儿要坚持到厕所间里，最终却还是吐在了那人旁边的洗手池里。就在那时，他把水龙头也打开了。

“苍天啊。”那位会员不高兴了，“你在厕所包间里干不行吗？”

“太远了。”帕特里克边说，边吐了第二回。

“苍天啊。”那人又重复了一遍，火速离开了。

帕特里克发现吐出来的污秽中还有昨夜晚餐吃的东西。这会儿连肚子里都是空的，他知道过不了一会儿，那酸唧唧、黄蜡蜡的胆汁又要泛上来了。就是因为这玩意儿，呕吐这件事才这么不遭人待见。

为了快一些把洗手池的污秽给冲走，他把手指伸进放水孔里面来回搅和，又抬起另一只手把水龙头开得再大些。他希望过会儿自己再感觉支撑不住的时候，能够躲进单独的小隔间里面，这样好歹有些隐私。又感觉恶心想吐了，而且真的灼热难当，帕特里克虽然还没把洗手池完全清理干净，也不得不弃之而去了。一摇一摆，他又闯进了一扇桃花心木门掩映着的小隔间里。都没顾得上滑动黄铜的插销，把隔间门锁上，他就已经浑身颤抖着俯在马桶圈上了，然而并没有任何效果。他既没法呼吸，也没法吞咽，几分钟之前，他还在想尽办法让自己别吐呢；可现在，他却要使出更大的气力，拼命让自己吐出来。

帕特里克几乎都快因为缺氧晕过去了，就在那时，黄蜡蜡的胆汁突然汇成一粒水珠，从肚子里泛了上来。这真是让他既期待，又恐惧的玩意儿。

“操他大爷的。”他骂起脏话来，然后靠着墙滑坐下来。甭管这样的状况出现多少次，每次感觉如此恶心的时候，他还是会变得惊慌失措。

刚差一点点就要窒息了，他算是被镇着了。掏出一根烟来，就着嘴唇上罩着的那层苦涩的黏液，他又开始吞云吐雾了。当然了，现在留给他的问题就是，要不要再来点海洛因，好让自己心定下来。

风险在于，这样做会让他感觉更加恶心。

他把双手上的汗抹干，战战兢兢地把那包海洛因摆在膝盖上，打开，然后把小指伸进粉堆里蘸了蘸，又用两只鼻孔猛吸了一下。暂时没有感觉到任何不良作用，他就又这样来了一发。

终于找回了宁静。他闭上双眼，长叹一声。其他人就让他们滚蛋去吧。他是不会回去了。终于可以放松神经了。哪里能吸上这些好货，哪里就是他的家。很多时候，他在陌生人的泥淖里找到了家的感觉。

他实在太累了，真的要睡下歇会儿才行了。那就睡吧。把自己那对翅膀收起来。但要是乔治或者其他什么人派人来找他，却发现污秽四溅的洗手池，然后对着小隔间的门一通猛捶，可怎么办?

难道没有片刻安宁，没有安歇之地可寻吗?当然没有了。这问题听着多么荒唐。

第十一章

“我是来取走戴维·梅尔罗斯的骨灰的。”帕特里克对面前这位露齿而笑的年轻人说。他下巴很大，一头油亮油亮的栗色头发，如拖把一样散落下来。

“戴维……梅尔罗斯……先生。”他若有所思地念叨着，一页页翻阅着手里那本大部头、皮革封面的登记册。

帕特里克倚靠着柜台的边沿朝前探身，那与其说是张桌子，还不如说是把讲道台搬到了地上。在那本登记册的边上，他瞥见了一本不值钱的练习簿，封面上写着“没多少日子的人”。这才是他应该翻阅的那份文件，早知这样一上来就翻这本不就得了。

从钥匙俱乐部脱身之后，他身上居然有一种荒诞的愉悦感油然而生。晕倒在洗手间足有一个小时之后，他再醒来时觉得神清气爽，却发现无法再面对他人。他像个逃犯似的从门童身边忽闪而过，然后一个箭步猛地绕过吧台的转角，然后径直朝殡仪馆走去。再过后，他就得跟乔治道个歉了。每回只要和一个活生生的人有过接触，他就得撒谎，道歉，这两件事儿他一直在做，或者说，一直想要去做。

“找到了，先生。”招待员亮声答道，手上翻到了那一页，“戴维·梅尔罗斯先生。”

“我今天来不是赞美他的，我是要把他埋了。”帕特里克大动干戈地敲着桌子，大声宣布道。

“把他——埋了？”招待员吓得结结巴巴，“我们以为令尊的遗体是火化的啊。”

“我就是打个比喻。”

“比喻啊。”那年轻人听完重复了一遍，劲儿还没缓过来。眼前这位顾客，他到底会不会告我们啊？

“骨灰在哪里？”帕特里克问。

“我去帮您取过来，先生。”招待员说，“我们帮您装在一个盒子里了。”后一句是他补上的，那语气听着远不如一开始有底气了。

“没错。”帕特里克说，“何必要花钱买个骨灰瓮呢，没意义的。反正骨灰我是准备撒掉的。”

“说得对。”招待员语气含糊其辞地给了个欢快的回应。

就朝着边上瞥一眼的工夫，招待员迅速修正了一下自己的语调。“我是说，我现在就帮您去取吧，先生。”他又换了一副虚情假意的腔调，那声音高得如此矫揉造作。说罢，他又飞速朝着镶板上的一道暗门走了过去。

帕特里克又开始随处张望，想看看有啥还能唤起他的热情。然后瞅见了一个高个的人影，面熟，但是一时叫不上名字来。

“我们这个行当啊，供应和需求的量就**必须得**是一模一样的。”那个半熟脸说着俏皮话。

半熟脸身后，站着昨天把帕特里克带去见他父亲遗体的那位主任，秃顶，留着大胡子。那表情看着像是面部抽筋，却又像是在微笑。

“我们手里有那么一种取之不尽、用之不竭的资源啊。”高个子半熟脸接着说，一副很得意的样子。

主任扬起了眉毛，目光朝着帕特里克所在的方向瞥了一眼。

原来是他啊，帕特里克想起来了，那不就是他在来的飞机上偶遇的那个面色惨白的哥们儿吗?

“我的个天啊。”厄尔 · 哈默低声说道，“我觉得公关那块的事儿我还得好好学习学习。”他也认出了帕特里克，然后隔着铺满方格花纹大理石的大厅，叫了一声“波比”。

“是帕特里克。”帕特里克答道。

“帕蒂！我当然记得啦。你戴上那眼罩我都认不出来了。话说你碰上什么事了？哪个娘们儿把你打成熊猫眼了？”厄尔说着一阵狂笑，噔噔几步就跑到了帕特里克身边。

“没啥事，就是有点发炎。”帕特里克解释道，“这只眼几乎看不清东西了。”

“太糟糕了。”厄尔说，“说回来，你到这儿来干啥呢？我在飞机上不是跟你说嘛，我打算走多样化路线，拓展一下其他的生意门类。你大概想不到吧，我已经在着手买下全纽约最顶级的殡仪馆了。”

“我当然没猜到。”帕特里克承认了，“我想你大概也猜不到，我来到这全纽约最顶尖的殡仪馆，为的是取回我父亲的骨灰。”

“天哪。”厄尔说，“这消息太叫人难过了。我相信令尊生前肯定是个很体面的人吧。”

“他是个完美的人，有他自己的风格。”帕特里克说。

“节哀顺变。”厄尔突如其来地换上了一张严肃的面孔，帕特里克上回看到这副表情，还是厄尔聊到他女儿有望成为排球运动员的天分时。

这时招待员回来了，手里捧着一只朴素的木盒子，大概有一英尺长、八英寸高。

“这可比捧着个骨灰瓮方便多了，你觉得呢？”帕特里克评论了一番。

“这话说得没毛病。”厄尔应和道。

“你有袋子吗？”

“袋子？”

“对，手提购物袋也行，牛皮纸袋子也行，就这一类的都行。”

“我帮您去找找，先生。”

“帕蒂。”厄尔好像刚思考了一会儿问题，然后说，“我可以给你打九折优惠的。”

“谢谢了。”帕特里克对此挺满意，发自内心的。

“千万别客气。”厄尔说。

这时招待员回来了，手里拿着一个牛皮纸袋子，就是有些褶皱。帕特里克心想，这人是不是刚手忙脚乱地把袋子里的杂物都掏出来，然后才把袋子拿来给他——说什么也不能在自己老板面前露怯不是。

“太棒了。”帕特里克说。

“这袋子还收不收钱啊？”厄尔问了句。接待员还没来得及回话，他又解释了一句，“把这算我账上。”

“厄尔，我真的不知如何感谢你了。”

“都是小事。”厄尔说，“我现在要赶着开会了。不过你要是愿意晚点再跟我喝一杯的话，那我会深感荣幸的。”

“那我能带着我父亲一起吗？”帕特里克把手里的纸袋子拎起来问道。

“见鬼，当然可以。”厄尔笑着答应了。

“不跟你开玩笑啊，这次怕是没机会了。我今天晚餐已经约了人了，明天就要坐飞机回英国去了。”

“那太不凑巧了。”

“是啊，我也觉得特别遗憾。”帕特里克面露一丝黯淡的微笑，然后就朝着门口迅速奔去了。

“再见了，老朋友。”厄尔用力地挥手作别。

“就此别过。”帕特里克摇曳着大衣的袖子，然后转身加入了大街上高峰时段的人流中。

刚走出电梯门，迎面就是黑漆刷成的大堂；眼见一副非洲风情的面具，在大理石台面的桌案上呆呆地望着来客。那奇彭代尔风格的镜子边框仿佛镀金的鸟笼，也让帕特里克得以最后一次仓皇地望一眼自己虽然打扮光鲜、但病态尽显的面相。再然后，他就要去见班克斯太太了。班克斯太太是玛丽安的母亲，形容枯槁，面色阴沉，打扮得倒挺精致。站在那儿，总让人想到吸血鬼。

班克斯太太张开双臂，她那件黑丝连衣裙沿着双手手腕垂下，一直齐膝，活像蝙蝠翅膀的模样。她又朝着一侧微微抬起头来，带着历经苦难而生的同情大声喊道：“哦，帕特里克，我们听到那个消息，都好难过呀！”

“好吧。”帕特里克边说，边轻敲着腋下夹着的骨灰盒，“你也知道这其中的规律啦：尘归尘，土归土。主所赐予的，他都必将取走。我爸也算是这情况吧，只不过在给和取之间，间隔的时间有点太久了。”

“你拿的是不是……？”班克斯太太瞪圆了双眼，指着帕特里克提着的那个牛皮纸袋子问道。

“是我爸。”帕特里克肯定了她的猜想。

“那我得去跟奥格威说一声，晚餐得多加一位。”她的玩笑伴随着隆隆的、诡异的笑声。这就是彻头彻尾的南希·班克斯。很多杂志在刊登出她那间画室的同时，经常会加上这样的评价——如此勇敢，却也如此直接。

“班柯可是不吃肉的哦[1]。”帕特里克边说，边把骨灰盒重

1 班柯是莎士比亚悲剧《麦克白》中的人物。因为女巫对麦克白预言称班柯虽然不能当统治者，但他的后人会成为国王，遂班柯也成为麦克白夫妇杀人、夺权的牺牲品。麦克白在实施谋杀后一度精神错乱，声称自己看到了班柯的鬼魂。

重地放在大厅的桌子上。

他刚才为什么要说班柯呢？南希用她沙哑的内心声音问自己。那声音虽然是藏在她思绪最深处的秘密，却也放大给一群神魂颠倒的听众来听。也许这听来有些疯狂，但有没有可能他觉得自己对父亲的死负有责任？难道因为他曾经无数次幻想过这样的结局？老天啊，经过了长达十七年的分析之后，她发现自己变得精于此道了。就像她跟莫里斯博士聊着他俩的风流韵事时，他说的那句话，所谓分析师又是个什么东西呢？不过是个大病初愈，又一时想不到更好的事情来做的人而已。有的时候她会想念杰弗里。在叫做“顺其自然”的环节，他曾经准许南希这样称呼他。谁想到他会自杀，而这个环节也就戛然而止了。他甚至连张便条都没有留！她是不是真的正在迎接生活带来的挑战，正如杰弗里曾经许诺的那样？也许她“被剖析得还不太彻底”。这些事情细细琢磨起来，还真叫人后怕。

“玛丽安等不及要见你了。”南希边带着帕特里克走进空空荡荡的画室，边带着安慰的口吻跟他说。帕特里克却盯着那张巴洛克式有抽屉的写字台，还有桌上头连着的，那尊吃得胖嘟嘟的丘比特裸像。

“你刚进门那会儿她正好接到个电话，没办法逃不掉就只能接了。”她又补充说。

“我们有一整晚呢……”帕特里克说。是整个晚上啊，他心里挺乐观的。画室里面遍布粉红色的百合花，围成了一片花海。百合花上亮晶晶的花瓣，仿佛在责难帕特里克心生的欲念。他会对她着迷的，这很危险，着迷这件事对他而言很危险。此刻他的思绪，就像是一副被冰天雪地围住的雪橇，除非把它摔碎撅折，或者是成功抵达终点，否则是不可能改变前进的路线的。他赶紧把两只汗津津的湿手在裤子上擦了擦。居然发现了一样比毒品更能让他着迷的东西，这事儿够让他吃一惊了。“啊，埃迪过来了。”南希大叫了声。

这时，班克斯先生大步走进了房间里。他穿着一件格子条纹的伐木工人衬衫，和一条宽松下垂的裤子。“你好。”他语速很快，所以听来有些模糊，“听说你夫（父）亲去世的消息我特（太）囊（难）过了。玛丽安都告诉我了，他是个鸟（了）不起的人。”

“您应该听听别人的评价的。”帕特里克说。

“你跟你父亲相处得不是很好对吗？”南希问他，仿佛在鼓励他再多说些。

“是啊。”帕特里克答道。

“你们是啥时候开撕（始）出闷（问）题的？”埃迪边问，边靠着一片褪色的橙色天鹅绒坐下了，那东西原来属于一位罗圈腿的侯爵。

“哦，我想是一九零六年，六月九号，就是他出生的那一天。”

“这么早吗？”南希笑着问。

“这么说吧，我爸的那些问题到底是不是与生俱来的，咱们今天不是来讨论这个问题的，至少晚饭前别指望了；即便他不是生下来就如此，那他也是生下没多久就染上这些问题了。认识他的人都说，他刚会说话，就开始不遗余力地展现伤害别人的技能了。他才十岁的时候，家人就不让他进他爷爷家门了，因为他有能耐让所有人都仇视彼此，不断制造状况，逼迫别人做他们不想做的事情。”

“听你的叙述，你父亲就是那种非常老式的恶棍吧。像撒旦一样的孩子。”南希的语气透着怀疑。

“这是一种观点。”帕特里克接着说，“只要他在身边，别人就得时刻担心从悬崖边跌下去，要么就是掉到水里溺死，要么就是突然嚎啕大哭。究其一生，无非就是在为他的恶行找到越来越多的牺牲品，得到之后又失去了他们。”

“他一定也挺有魅力的吧。”南希说。

“他就是只小猫咪。”帕特里克答道。

“但是我们现在可不可以这样说，他本人肯定也暴瘦（饱受）困扰？”埃迪问道。

“即便这样说又能怎样？如果一个人对他身边人所起的效果都是毁灭性的，那么追问其中的缘由，也不过是从理论上满足些好奇心罢了。这世上总会有一些下流坯存在的，但是很遗憾啊，你父亲就是其中之一。”

“我觉得啊，在他那个时候，很多人都卜（不）知道应该怎么带孩子。你付清（父亲）那一辈人里，很多为人父母者都不知道应该如何恰当地表达爱意。”

“爱的对立面，就是残酷。”帕特里克说，“不是什么不善言辞的理由就可以糊弄过去的。”

“我觉得你说得挺对。”从门口飘来一个沙哑的声音。

“哦，嗨！”帕特里克坐在椅子上转过身来说，他突然意识到玛丽安就站在那里。

玛丽安穿过这间幽暗的画室，像一艘帆船般朝着帕特里克驶来。她脚下踩过的地板发出嘎吱嘎吱的声响，身子朝前倾斜，那角度危险得几乎快要倒下，活像帆船船首用来装饰的人像。

帕特里克站起身，双手抱住她的脖子，有些贪婪也有些绝望。

“嘿，帕特里克。”玛丽安边说，边还了他一个温暖的拥抱。“嘿。”她又语气舒缓地重复了一遍，仿佛就是不愿松开手。“我很替你难过。真的，特别难过。”

哦老天啊，帕特里克心里想，就让我埋葬在她的怀里吧。

“我们刚才还在弹道（探讨）呢，有些父母就是不懂得如何表达爱意。”埃迪口齿不清地说。

“好吧，但我觉得，我本人可能也不会知道吧。”玛丽安说着，报以一个伶俐的微笑。

她的背弯曲得像一个黑人妇女，然后径直走向装饮料的托盘，脚步有些笨拙，但那亦步亦趋的感觉反而展现了些许优雅。玛丽安看着就像一个刚刚安上人类双腿的美人鱼一样，她给自己拿了杯香槟。

“你们有谁也要来一杯这个吗？”她有些结巴地问，说着将脖子向前探出，微微地皱起了眉头。那感觉，仿佛是这个问题暗含着什么深藏不露的内情。

南希说她不要，她此刻更想来点可卡因。不管你觉得这玩意儿有多少害处，它至少不会让你发胖。埃迪让玛丽安给他拿了一杯，而帕特里克却说他更想喝杯威士忌。

“自打埃迪自己的父亲去世以来，他到现在都没缓过来呢。”南希想要继续推动大家聊聊这个话题。

“我从来都不会向我付清（父亲）袒露我的情感。”埃迪解释道。这时候玛丽安把那杯香槟递到他手上，埃迪报之以微笑。

“我也不会。”帕特里克说，“就我跟我爸这情况，不说反而更好一点。”

“如果能说，你会跟他说些啥？”玛丽安那双深蓝色的眼睛聚精会神地落在帕特里克身上。

“我可能会说……我也说不上来……”他居然认真思索了这个问题，这让帕特里克对自己感到困惑，甚至有些恼怒。“没关系的。”他嘟囔着说，然后给自己倒了一杯威士忌。

不过南希看得出来，帕特里克并没打算认真回答他们对话中这些问题。

“他们把你的生活搞得一团糟。虽说不是有意为之，但结果就是如此。”她叹了口气。

“谁跟你说他们不是有意为之的？”帕特里克咆哮起来。

“菲利普·拉金[1]。”她说这个名字的时候，微笑如玻璃板通明透亮。

“话说回来，您父亲那头有什么让您难以释怀的东西？”

---

1 菲利普·拉金（Philip Larkin，1922—1985）：英国著名诗人，被公认为是继 T. S. 艾略特之后，20 世纪后半叶最有影响力的英国诗人。其代表作包括《北方船》、《少受欺骗者》、《降灵节婚礼》等。

帕特里克用礼貌的口吻向埃迪发问。

“他对我而言是英雄一般的人物。无论在任何情况下，他都指导（知道）应该做什么，至少是知道自己想做什么。他懂得如何处理好金钱和女人的关系；每次他想要钓起一条三百磅重的马林鱼，那鱼总会脱钩逃走。但每次他参加拍卖想要拍幅画回家，他就从来不会失手。”

“而你每次想把画卖出去，也从来没有失手的时候。”南希故作幽默说道。

“老爸，你也是我的英雄呀！”玛丽安结结巴巴地对埃迪说，“到了你那一天，我肯定也是难以释怀的。”

去他妈的吧，帕特里克心里嘀咕，这帮人每天都在演什么滑稽戏啊？是在给《脱线家族》[1]写剧本吗？他最讨厌这种相亲相爱一家人的情景了，动不动就相互鼓励支持，情意浓浓总要溢于言表，就是想给外人造成个印象——其他任何人都不及自家人值得珍惜。真是恶心透顶了。

“我们是出去用晚餐还是怎么的？”帕特里克有些突兀地问了玛丽安一个问题。

“我们就在家里吃好了呀。”她说话有些吞字，而眉间的

1　1969 年到 1974 年由美国广播公司出品的一部情景喜剧，总共播出了 5 季， 117 集，主要讲述了一个拥有六个孩子的大家庭生活中的琐碎和乐趣。

阴云似乎还没散去。

“去外面吃饭难道是种极端失礼的行为吗？”他依旧坚持，“我就是想说说话。”

答案显然是肯定的。至少在南希看来，请上门拜访的客人去外面吃饭，是种极端失礼的行为。就在此刻，康斯薇拉正在厨房准备着扇贝。但是无论在人生这件大事上，还是在待客这件小事上，人都应该学着留有余地，同时也做到不失礼节。就拿眼前这件事来说，帕特里克刚刚失去至亲，所以有些事上不妨给他点特权。他刚才那问题的潜台词是，女主人在招待这件事上处理得不得体，所以南希理所当然会觉察到失礼和冒犯。但是考虑到他当下的心智状态，已经和暂时性精神错乱无异了，便也不多计较了吧。

“当然不会，没问题啊。”她几乎用喉音作答。

“那我们去哪儿吃？”帕特里克问。

“我看看……有家吃亚美尼亚菜的小餐馆，我还挺喜欢的。”玛丽安建议说。

“一家吃亚美尼亚菜的小餐馆。”帕特里克不带任何语气地复述了一遍。

“特别好吃。”玛丽安咽了一口口水。

第十二章

这家名叫“拜占庭烤肉”的餐馆，头上的穹顶是蔚蓝色的，处处镶嵌着暗金色的小星星。玛丽安和帕特里克独自坐在一间蓝色天鹅绒的隔间里，研究着手里那塑封的菜单。地铁在附近驶过，发出低沉的隆隆呼啸声，他们脚下的地板、桌上的冰水，都被震得直颤。地铁每次驶过的过程都如此冗长，刚驶离下一班又很快到达了，引得桌上那俩粗短的、带棱纹的玻璃杯不停地震颤。其实一切都在震颤，帕特里克心想，无数分子在桌面上翩翩起舞，电子在旋转，而信号和声波则穿过他身体中的每个细胞，如波浪般此起彼伏。伴随着乡村音乐和警用无线电，以及垃圾车的咆哮和玻璃瓶被打碎的声响，所有细胞都变得熠熠生辉。他的头盖骨体验了一把钻墙一样的震颤，而每一种感官触觉都像塔巴斯科辣椒籽一样，播洒在他柔软、黯淡的肌肤上。

一个侍者仓皇经过，踢到了帕特里克放在地上的骨灰盒，然后环顾四周不住道歉。侍者提议说“我帮您捡起来吧”，但是帕特里克拒绝了，然后一脚把骨灰盒踢到了桌子底下，谁也看不到的地方。

死亡应该用来表达更深层次的存在，而不是为某个新角色的到来提供场景。这话是谁说的来着？最可怕的是被忘却。但现在，他父亲的骨灰盒居然叫一个侍者给踢倒了。这是个新角色，绝对是个新角色。

也许，玛丽安的身体可以让他暂时忘却父亲的遗体。也许他对于父亲去世的执念，和他自己的死亡这两件事，注定有一个交汇点，然后在这个点互相交换彼此的道路，然后带着那陈旧的、病态的活力，驶向一个新的、充满肉欲的目的地。他还能说什么？他还能说什么？

天使当然可以不受肢体、关节的诸多约束，尽情做爱。但是人类的做爱行为总要引发令人垂泣的沮丧感。用这种想起来就痒痒的方式代替人与人之间的融合，恐怕只会让一切更糟。更别提，总有一种周而复始的冲动，指引着我们穿越河口、抵达孕育我们生命的平静河面。帕特里克假装在研究菜单，其实目光却死死地盯着玛丽安胸口的那一抹绿色天鹅绒，酥胸若影若现。他心里在想，被他父亲之死而唤起那份惶惑、紧张的感觉，想要表达却发现找不到合适的词儿，这是否本身就存在一种表达的缺陷?

还有啊，要是操不到玛丽安的话，那感觉跟没读过《伊利亚特》一样。这是两件他寻思了好久想要做的事儿。

那感觉，就像衣服袖子被卷进了一台冰冷无情、麻木无感的机器一样。他迫切渴望被人理解，而这份渴望栖身于他那充满喜悦，却又因漠视一切而陷于危险的躯壳里。他就这样被拽进痴狂和迷恋之中碾压一路，然后在出口处全给吐出来；而她的脉搏并没见丝毫扑腾的跳跃，思绪也从未离开他们选择的路途而踏入迷途。

玛丽安的肉体或许并不能将他从他父亲的遗体处拯救，而他们俩的秘密却紧密地交织在了一起。视野中一半是他破碎的嘴唇，一半是她完好的嘴唇。这视野让人头晕目眩，就像一处环形的瀑布一般，将他从安全区中吸卷出来。那感觉仿佛是站在一列狭窄的岩石间，眼瞧着将他拽走的水流在自己身边变得平缓，在即将坠落前一刻几乎变为静止，然后倾泻而下，溅得四处都是。

老天啊，玛丽安心想，我为什么会答应跟面前这人一起用餐啊? 他看菜单的模样，就好像是站在高处的桥梁上凝望幽深的沟壑一样。她也不忍心再多问他一个关于父亲的问题，但是如果非要他聊其他话题，她觉得也不是那么回事儿。

这一整晚都变成了一股强大的牵引力。帕特里克就身处厌恶和欲望之间，那个垂涎欲滴的中间状态。一个女生居然可以具备如此的吸引力，这都足以让她感受到负罪感了。但是她这一辈子，已经花了太多时间坐在形貌猥琐、跟自己没有共同话题的猥琐男对面，他们眼睛里的责难燃烧成火焰，而聊天的僵局却早已凝固成了浆糊，散发出腐朽的气息，就像是从冰窖里取出你好久好久好久之前放进去的东西，当年你一定是脑子坏了才会买下这玩意儿。

这时候端上来了葡萄叶和鹰嘴豆、烤羊排、米饭，还有红酒。她总算可以吃东西了。这家的菜倒是真的不错。第一次是西蒙带她来这儿的。西蒙无论走到世界上的哪座城市，都能找到当地最赞的亚美尼亚餐馆，这是他的禀赋。西蒙太聪明了。他会写诗，天鹅、冰雪、星星都成为他笔下的主题。但要读出他诗中真正想表达的意思，却并非易事；因为他的笔法隐晦迂回，而且不会给很多的暗示。但如果有“亚美尼亚餐馆系”这个系科的话，他定能称得上是系里的智多星了。有一天，西蒙略带着布鲁克林当地口音结结巴巴地对他说：“有些人会有这样那样的情绪，但是我没有。”就是这么简单的一句话，没有天鹅，没有冰雪，也没有星星，什么也没有。

他们做过一次爱，在那过程中玛丽安也努力从他粗莽、晦涩的天才中汲取精华。但是他们完事之后，他立刻跑进浴室里赋诗一首，而她却瘫倒在床上，感觉就像一只榨干的天鹅。当然了，想要去改变一个人，本来就是不现实的。但是除此之外，你还能想到对别人做点什么呢?

一种改造的冲动在帕特里克心中油然而生，那感觉就像地毯式轰炸一样。那些被撕裂的眼睛，卷曲的嘴唇，那扬起一边眉毛的傲慢模样，那弯腰蜷曲、就像新生婴儿一样的姿态，以及他一生中那些愚蠢的、自我毁灭式的闹剧——这些元素哪一个被撇到一边，都够他乐一阵子的。但如果把这些腐朽的玩意儿全部丢弃了，人生还剩下些什么?这感觉就像不揉生面团，凭空想出个面包来一样。

想到这儿，他又开始对着玛丽安流口水了。那件绿色天鹅绒的晚礼裙配她多好看啊。所以他一想到黛比就来气，因为她总是穿得邋里邋遢，而且还近乎疯狂地迷恋着他这个卑鄙小人（一开始，玛丽安还犯了个错误，管他叫做“暂时性畸变”，但现在黛比已经原谅她了，因为黛比自己也希望这一条是真的）。让他生气的还有，黛比最终被报之以这份莫须有的不忠，毫无疑问，总结起来就是他对于毒品贪得无厌的胃口。

一个人被逼着做自己不喜欢的事情，麻烦之处在于，你在此过程中会意识到原来还有那么多别的事儿可做。即便是在某天下午赶一场电影的首映礼，都无法引发她此刻正在感受的，那种灼烧般的紧迫感。没有拍的照片、冲洗室打来的电话，还有那些没来得及写的感谢信让她如坐针毡，而之前她甚至没觉得这些有什么困扰。但如今，所有这一切一股脑儿地涌入她的思绪，让眼前跟帕特里克谈话时的空气变得更加绝望了。

玛丽安像是受到了诅咒一般，需要一次次打消男人的念想，这于她而言几乎已成套路了。有时候（特别是今晚）她也希望自己能别让对面的男人浮想联翩，毕竟欲望被撩起了她也没法满足。但是她身上的一部分仍会自然而然地想去拯救他们，至少能提醒他们别用力过猛吧。

今晚两人的对话简直是糟透了，帕特里克自己也不得不承认这一点。就好像，说的每句话都像扔上码头区的包裹，又重重地滑了回去，落入那满是污秽的港湾里。玛丽安倒还不如背过身去别理睬他呢，但是她背身的样子，比任何其他东西都能让他提起兴趣来。每一次无声的迎合和示好，都被你所能够想见的、这世上最平庸的言语所遮掩，也让他突然意识到，说出自己内心真实的想法，这样的经历于他而言真是少之又少。如果他能够换一种声音，或者带着另一种目的跟她说话——譬如说，以欺骗或者取笑她为目的——或许他就能从这个舌头打了结的梦魇中醒过来了吧。

咖啡端上来了，浓稠，不加奶，还挺甜。时间越来越晚了。她难道看不出思路来吗？难道她没法从字里行间读出潜台词来吗？不过就算读出来了，又能怎么样？可能她挺享受看着他受罪的感觉吧。也许她根本不喜欢他这一点。

玛丽安开始打哈欠了，抱怨说自己太累了。就在这一刻，所有信号都是积极的，帕特里克略带嘲讽地想。她都快被这气氛整死了，快被整死了。她说是，那就是是；她说也许，那也是是；她说可能，那还是是；她说不，那毫无疑问肯定还是是了。女人对他而言就像一本翻开的书一样，他知道怎么读懂她们的心思。

站在街边，玛丽安和他吻别了，还托他向黛比问好，然后就拦了一辆出租车。

帕特里克把父亲的骨灰盒捧在手里，横冲直撞地沿着麦迪逊大道一路前行。时不时就有行人蹭上他手中的牛皮纸袋子，这个时候不给他让条道儿，真是太不明智了。

终于到达第六十一大街时，帕特里克才突然意识到，这还是他这辈子第一次在没有被父亲侵犯、殴打、侮辱的情况下，和这个人单独相处超过十分钟。这个可怜的家伙，过去十四年的拳脚相加、恶语相向都把他挤压得透不过气来，单是恶语相向这一条，他就足足忍了六年。

这是老年人才懂的悲剧，因为他身子已经虚弱到打不动自己的亲儿子了。怪不得他死了呢。就连他的那份傲慢，随着岁月的流逝也变得日薄西山。到后来，他被逼着学会了一种顾影自怜的姿态，虽然叫人生厌，但也只能以此来抵抗外来的反击了。

“你的问题啊，”帕特里克如秋风扫落叶一般走过酒店门童身边，又开始咆哮了，“你的问题就是你脑子有病。”

“你怎么可以对你可怜的老父亲说这样的话呢？”他转而自言自语，又装模作样地晃了晃手里并不存在的药瓶子，让几粒治心脏病的药落到了瘤子隆起、手指扭曲的手掌里。

混蛋。没有谁应该对另外一个人做这样的事儿。

不过没关系，也什么都别说。

现在就不要想这些事情了吧。

“就现在。”帕特里克大声叫了出来。

到处都是死亡和毁灭。他所经过之处，所有的建筑都被火焰吞噬殆尽。窗户只要瞥一眼，就颤得直做声响。又传出一声用喉音发出、几乎听不见声响的尖叫。并没有看到囚徒。

“到处都是死亡和毁灭。”他喃喃道。见鬼了，他感受到了真真切切的焦虑，真的、非常、他妈的焦虑啊！

他甚至开始臆想，手持一把电锯抹了那位电梯操作员的脖子。一阵又一阵的羞辱和暴力如潮水般袭来，根本不受控制的羞辱和暴力。

如果你的头颅胆敢冒犯你，就把它砍下来好了。放一把火把它烧了，然后不停地踩，踩到变成一堆灰烬为止。没有囚徒，也无须怜悯。帖木儿大帝的黑色帐篷，那是我最喜欢的颜色啊！真的很时髦。

“您去哪层，先生？”

你他妈在盯着谁看呢，丑八怪？

“去三十九层。”

一层又一层的楼梯。连得太紧了。走得太快了。来点镇定剂吧。给我递把手术刀吧。帕特里克突然伸出一只手来。要先打麻醉剂吗，你确定哦，医生？

当然了：一个男人送上了一个不容争辩的副词。先拿手术刀，然后做麻醉。医生名叫“致死条件”。这名字起得还真挺有道理。

这是谁的主意，要把他放在第三十九层的？他们到底想要干什么？是想把他逼疯吗？躲在沙发底下吧。一定要躲在沙发底下。

躲在那里，就没人能找到我了。如果没人找到我，那后面怎么办？如果把我找出来了又怎么办？

帕特里克一头扎进了房间里，把手里的牛皮纸袋子放下，又纵身一跃趴倒在地上。他打着滚儿朝沙发挪动，然后朝天躺下，沿着沙发罩子的下沿一寸一寸地朝里蠕动。

他在干吗呢？他快要疯了吧。现在他钻不进沙发底下了，因为个子太大了。他现在身高六尺二寸，已经不是个小孩了。

见鬼去吧。他又把沙发举到半空，身子跟挤牙膏似的塞进底下的空间，然后再把沙发放低，最后落在他的胸膛上面。

他就这么躺着，大衣也没脱，眼罩也没取下来。沙发罩住他身体脖子以下的部分，就像是一副比常人尺寸小一点的棺材。

死亡医生说："这是我们一直希望避免的阶段。手术刀。做麻醉。"帕特里克又猛地伸出了一只手。

千万别再来一遍啊。快点，快点，来点海洛因给他治治病。肯定有不少"快快"的胶囊此刻在他胃里溶解开来。这样一切可都解释得通了。

"这世上总能找到一只桶，把你免费装起来。"他学着医院里的女护士长那种满是关爱，却又满嘴谎言的语调，叹口气说。说罢，他又从沙发下面蠕动着探出身来，缓缓爬起，终于站定。

那件皱巴巴、毛绒绒的大衣顺着他的上身滑落下去，帕特里克又俯下身来四肢着地爬向父亲的骨灰盒。他就这样目不转睛地盯着，仿佛那盒子会在一瞬间蹦跶跳起一样。

怎么做才能钻进这盒子里啊？只要钻进去，他就能把里面的骨灰全部倒腾出来，然后一股脑儿地倒进马桶里，灰飞烟灭。纽约的下水道，这是老爷子在天之灵最佳的长眠之地了，与患了白化病的野生动物和成吨成吨的粪便为伴。

他仔细检查着手里这只杉木盒子，摆出各种斜角来研究一番，想要找出一处开口来，哪怕是一根螺丝，能让他把这骨灰盒给撬开。但最后却发现，那几块薄薄的金板严丝合缝地跟底座贴合在一起，然后装进了一个小小的塑料袋里。

这让他万般恼怒，伴随着万分沮丧，于是帕特里克双脚起跳跃起，踏着骨灰盒踩上踩下。这木质材料比他想象的要坚硬得多，即便经受了如此猛烈的袭击，居然没有开一条口子。现在叫客房服务，酒店能给送一把电锯上来吗？他之前看过菜单，上面应该是不提供这项服务。

要不就把骨灰盒扔出窗外去，眼瞧着它掉在人行道上摔得粉身碎骨？不好，就算砸死个把路人，盒子上估计连个瘪洞都不会留。

帕特里克使尽最后一点力气，冲着这坚不可摧的骨灰盒猛踢一脚，盒子贴着地板穿过了客厅，击中了一旁铁制的废纸篓，发出一声空洞的声响。终于，它也能休息了。

帕特里克这时早就准备好了一剂海洛因，准备用针筒注入体内。这过程完成得如此迅捷、高效，实在是他不得不令人赞叹的一点。他眼睛眨巴几下，终于闭上。然后又半睁开来，恢复冷静，最后一剂注入。

如果永远都能这样该多好呀，就像每次打第一针的沉稳感觉。即便是在加勒比海滩度假时，那夜色撩人、万籁俱寂的宁静感，也不免被周遭啪啪作响的树木和老皮剥落的房顶搅局，让他安歇不得。碰上争辩永远都要争强好胜，遇事总有一种刚硬到底的冲动。他瞥了一眼一旁的骨灰盒。观察周遭的一切。永远都替自己多想想吧。也不要让别人代你决定生命中那些重要的事情。

帕特里克慵懒地给自己挠了挠痒痒。好吧，至少他并没有那么在乎这些。

第十三章

帕特里克很努力地让自己入睡，但是“快快”遗留的药效如撕烂的碎屑，依然贯穿于他的意识之中，让他继续发起冲锋。他强迫症一样地揉了揉眼睛，仿佛对眼睛里长的麦粒肿着了迷，那玩意儿让他每眨一次眼，都会觉得痒痒。刚在药店里买到的那团胶状物，肯定是什么忙也帮不上的。虽然这样，他还是朝自己眼睛里喷了一大坨，现在他的视线，就好像沾上了油脂的照相机镜头一样。刚戴着的眼罩，让他前额上出现了一块带斜纹的凹陷。只有在伸手挠这块凹陷的时候，他才会停下来不揉眼睛，但情绪都是一样的，愤怒中带着绝望。他真想把那只眼睛掏出来，把那层面皮从脸上撕下来，才可以摆脱这阵在他绝望失眠的片刻，喷涌而出的奇痒。但他也知道，比起更深层次的焦虑感，这些都只是表面的文章罢了：第一块尿布里让人痒痒的粉末，以及医院简易病床边围绕的嬉皮笑脸。

他摇动把手把床放平，又把领带松了松。房间里的空气热得叫人窒息，但他又很厌恶空调吹出的那种冷藏柜式的凉风。把他当什么了？铁钩子上挂着的一副内脏剔干净的躯壳吗？还是停尸房里放着的尸体呢？最好还是别问了。

这时候应该清点一下手上的货色了，看看他的“大部队”里还剩下些啥，能不能支撑他挨过又一个长夜，直到明天上午九点三十登上飞机为止。

他靠着桌边坐下，从大衣口袋里掏出海洛因和药丸，又从行李箱的那只信封里掏出可卡因。他享用了七克可卡因中的一克半，大约五分之一克海洛因、一片安眠酮，还有一片“黑美人”。如果他不是急着要睡，而是自暴自弃地给自己注射可卡因的话，手头这些货色也只够他折腾两三个小时的。现在已经晚上十一点了，即便是心怀足以成为典范的自制力，甭管那是什么玩意儿吧，他在夜晚最凄凉的时段即将降临之际，总还是摆脱不了那份苦闷。刚才海洛因的量已经够了，刚刚好。刚晚饭后来的那一发，让他现在还能支撑着。只要他凌晨三点再来一发，然后在登上飞机后再来一发，那在抵达约翰尼·霍尔家之前都能挺住没问题。感谢上帝赐予的协和飞机。但另一方面，摄入更多的可卡因，意味着要靠更多的海洛因来防止心脏病突发和精神错乱的发生。所以他应该别再去别处搞毒品来了，否则在过海关的时候，那状态也太飘飘然了。

眼下比较明智的办法，就是把手里的可卡因分成两份，一份现在消化掉，另一份留到他去完夜店或者酒吧之后。他大概会在外面晃荡到凌晨三点，在回酒店之前再吞点安非他命，这样"快快"上来的劲儿，和可卡因下来的劲儿经过第二回合的混合，能形成缓冲的效果。"黑美人"效力能维持十五个小时，到了隔天可能还有十二个小时，这样算的话，到了纽约当地时间下午三点，药效就会渐渐退去——那时候伦敦时间差不多是晚上八点：那时候他应该能够到约翰尼家，补充一点新的装备了。

太绝妙了！他应该掌管一家跨国大公司，或者领导一支战时的军队，才能让自己的这些统筹的才能得以发挥。安眠酮的服用自由度比较高，可以用来消解飞行航程中的无聊感，或者把药递给马德俱乐部里遇上的随便哪只鸡，好方便把她弄上床。刚才勾搭玛丽安的不顺让他感到很受伤，那感觉就像一杯放坏了的干马天尼。现在他想要找一个女性进行还击，顺便也得让刚才玛丽安勾起的欲望得到满足。

所以，现在他可以来一发可卡因了。没错，没错，没错。他把湿哒哒的双手在裤子上擦了擦，然后就开始准备溶剂了。一个男人，对于一个背叛他的女人寄托了那么多渴求，而她的背叛却更加深了他的这份渴求，让他心甘情愿成为奴隶，而这些都是忠贞的情感无法带给他的。就好像眼睁睁瞧着手里的鲜花从盛开到枯萎，心中的那份焦躁和绝望。当他突然被这份思绪缠住的时候，肚子里的肠子仿佛都松了。这就是爱，没有任何其他词可以形容。

他就像是一个笨拙的斗牛士，迟迟找不到合适的角度来杀戮。他拿针头刺向胳膊上的静脉，针筒里却没能吸出一点血来。他很努力地让自己冷静下来，深吸一口气后，又拿起针头重新刺进了胳膊，沿着顺时针方向缓缓地挪动，希望能找到个对的角度，刺破静脉的血管壁，却又不会扎得太深刺破另一头。就这么原地画圈圈的时候，他用大拇指把针头朝着肉外面抽出来一些。

功夫不负有心人，针筒里总算见到小半管血涌了上来，绕着圈圈打转。帕特里克尽最大努力把注射器用手扶稳当，把活塞往下推进去。机械的感觉有些生硬，他又把活塞拉了回来。此刻胳膊上忽然感到一阵剧痛。他居然没扎准静脉！他的确是没扎准静脉。刚那针扎进肌肉里去了。要知道血液凝结只需要二十秒的时间，过了这二十秒，他就是朝血管里注射足以阻止心脏跳动的血凝块了。但他要是不把针筒里的血注射回体内，那这一发可卡因就全浪费了。若是一管海洛因试剂中含有血液，那心脏会将其中的血液成分石化，这算是一个奇迹，但这样可卡因就毁了。帕特里克沮丧至极，都快哭了，不知道是该把活塞一把推进去，还是索性拔出来。那就赌一把吧，他用极小的力气把活塞轻轻往外拔，与此同时又把针管放平。又有一股鲜血绕着圈儿涌进了针筒里，他顿时心怀感恩，带着几近歇斯底里的劲儿，又用尽全身力气把活塞一推到底。这么快就把毒品注射进体内，当然是非常疯狂的行为，但如果让血液凝结了那就更危险。接着，他又再次尝试把活塞往外面拉，为的是让残留在针筒里的少量可卡因也能注射进去。就在那时，他发现机械又卡住了，才意识到针头又从静脉里滑了出来。

他挥鞭似的把注射器从胳膊里猛地拔出，拼命克服了突然袭来的一阵混沌难辨的清醒感，终于把注射器里灌满水，才没让里面的血渍凝结。他的两只手都止不住猛烈地颤抖，握着的注射器好几次敲打在玻璃杯的边边上。苍天啊，这劲儿太猛了。给针筒里吸满清水之后，他就把东西放下来了；实在太嗨了，再没力气把里面的水放光了。

他把双手十指扣住，这样形成的拳头正好能托住下巴。靠在椅子的边边上，朝前朝后来回晃动着，努力让疼痛感分散一些。但是每一次注射被自己搞砸的时候，那油然而生的侵犯感，带着些私密的味道，却总也让他挥之不去。他用那根细细的钢针插入自己体内，一次又一次地刺穿了静脉的血管壁，折磨了肉体，却愉悦了感官。

摄入体内的可卡因，对他的神经系统发动了猛烈的袭击；如同一群白狼一般，所到之处皆让人闻风丧胆，不留活口。即便是一推到底后精神上短暂的愉悦感，只要一想到刚才可能把血凝块也注射进了血液内，那份恐惧也能将所有其他冲刷掉。下一回，他大概会选择手背上的某一处进行注射吧，至少那里的静脉还能看得清楚些。针头刺穿他粗糙的皮肤，在无数细小、纤弱的骨头中穿梭试探，这种非常老式的痛感，比起戳来戳去却扎不准隐藏的静脉时的那种恐惧，想来也没那么毛骨悚然了。还好，他不用对着腹股沟去扎针。在那些忽隐忽现的静脉周围凿地般地挖来挖去，却始终找不着北，这让人不禁对筋脉注射这种摄取毒品的办法，打上一个大大的问号。

事实上，当他隔三差五就扎不准静脉，或是服药过量，或是心脏病轻微发作，或是间歇性晕厥时，他对于针头这种近乎邪恶的念想，其实跟毒品本身并不沾边，总让他有一种把针筒撅折了，然后把注射器扔进排水口冲掉的冲动。但唯一可以肯定的是，这种争吵总会无果而终，因为他最终还是会费尽心思找寻新的注射器。也有可能是不顾所谓的脸面，把丢掉的旧注射器给找出来。可能是在湿哒哒的克里奈克斯纸巾下面，可能是在黏糊糊的酸奶罐里，也可能是在塑料垃圾袋里，那一丛软趴趴的土豆皮中间。有了这些经验，帕特里克再想二话不说把注射器撅掉的时候，都得三思了。

对于针头的这份狂热，曾经是他个人精神生活的一部分。能同时身兼操人的和被操的二角，既是主体又是客体，既是实验者又是实验品，在释放灵魂的同时，又能囚禁肉体，还有比这更好的办法吗？给自己注射这种近乎雌雄同体的行为，比任何自我分裂的形式都更具表现力啊。想想这场面，一只手拿着针头刺进另一边的胳膊里，当愉悦感大行其道时也将痛苦招致其中，在痛苦感占据上风时也用愉悦将其填塞。

他曾经试过将威士忌注射进体内，眼瞧着那条烧灼的静脉变成黑色，只为了满足自己对于针头的这份狂热。他在皮埃尔酒店的客房里就把可卡因注射剂准备好了，因为水龙头离他太远，而心中飞扬跋扈的渴望又太过迫切。脑袋就像一碗装得满满的爆米花——咔嚓！砰啪！噗噗！——就像是他的心脏瓣膜上忽而一惊一乍的闹腾。在昏迷了长达三十个小时后，他终于醒来了，刺进胳膊里的注射器松垮地耷拉下来，管子里的海洛因还剩一半。带着那份冰冷的、具有毁灭性的意志，他又要重新开始那一场仪式了，虽然这几乎要了他的性命。

就在他对玛丽安的渔猎最终以失败告终后，帕特里克忍不住琢磨，比起他跟人谈话的技巧，这根注射器甚至都能起到更好的联通效果。一想到娜塔莎用嘶哑的耳语对他说“宝贝，你太棒了，每次都能一把扎中静脉”的时候，他会变得非常多愁善感。一股暗红色的鲜血从他毫无血色的胳膊上涓涓流出，他的胳膊就挂在座椅的边边上。

他俩第一次见面时，他就帮她注射了一管。她就坐在沙发上，双膝翘起，主动伸出一条胳膊，一副对帕特里克深信不疑的模样。他就倚在玛丽安身旁，坐在地板上。给她那一针的时候，她原本紧靠着的双膝也张了开来，屋里的光都汇聚在她那条黑色长裤略显沉重的褶皱里。玛丽安向后仰倒，长叹一口气时的轻柔触感，让帕特里克几乎有些不知所措。只见她双目紧闭，脸颊泛着灼热的光：“太爽了……太……爽了。”

比起这种带着同情心的暴力行为，性又算是个什么东西？良心，虚荣，都像是隐藏在暗处的摄像头，将这个世界束缚了太久。只有这种暴力行为，才有可能为这个世界打开一个口子。

自那之后，他们俩的关系就从注射堕落成了做爱，从眼花缭乱的相互认可变成了简单的交谈。帕特里克努力挣脱了椅子，也挣脱了恍惚的状态，周遭那些看着挺瓷实的物件让他觉得头昏眼花。但他还是在琢磨，就在这里的某个地方，总有个姑娘愿意出卖自己的身体，换来几杯酒喝，或是一粒安眠酮，他得相信这一点。抓紧时间再给自己来一发，他就要开始在马德俱乐部开启渔猎之旅了。

一个小时之后，帕特里克虽然费了一些周折，但还是成功地离开了酒店。他在出租车后座上手脚摊开卧倒，车子轰隆隆地驶向市区去了。那些钢质的铅笔、铬合金的扇子，还有水晶之塔，仿佛一个纯粹的高音调调，从女主角那张丑到骇人、布满痘疤的脸上喷涌而出——它们发出的声响，都在这夜色中变得混沌不清。那些填字游戏，由明格子和暗格子组成的矩阵，飞掠而过，让答题人毫无线索。两个明格子下面——这里填的是“no”这个词——跟的是横排的五个格子。要填一个五个字母的单词，“o”打头的。Oran……不对，one……order[1]。就填“order”吧。但是没有“order”这个选项。透过汽车后窗可以望见的建筑，也消失在了夜色中。这游戏是所有人都玩的吗？在自由的土地上，在勇敢者之家，在那里的人们只有看见别人也在做了，自己才会去做这件事儿。他之前是不是想过这茬？他之前是不是说过这些？

马德俱乐部门口人潮涌动，见怪不怪了。帕特里克溜到人

---

1 此处为帕特里克在填字游戏中尝试字母 O 打头的单词，他先后尝试了 Orange（橘子）和 Order（秩序）。

群的前头，看到有两个黑衣男子，和一个身型肥胖、胡子拉碴的白人站在红绳子后头。谁能进到里面，决定权在他们手里。他操着疲惫不堪、混沌不清的语句，跟几位保镖问了个好。他们每一回都让他进。或许是因为他事先就假定他们会放自己进去的，又或许是他根本不在乎他们放不放自己进去，当然啦，也可能是因为他看着就像有钱人，有钱人才有可能点上一大堆喝的呢。

帕特里克进门后径直上了楼。那里不像一楼，从小舞台上飘来阵阵尖锐刺耳的实况音乐；在二楼，有磁带不间断播放着，而配着音乐的视频展示的都是蔚为壮观，又人尽皆知的场面——譬如延时摄影中的花朵在一瞬间绽放；譬如希特勒在纽伦堡重重地捶打演讲台[1]，在被认同的感觉带来的一阵狂喜中将自己紧紧拥抱；譬如早期人类尝试肉身飞行，却最终在高空失衡，支离破碎，从桥上自由落体般坠下——这些画面从十多面电视荧屏上投射出来，充盈着屋子里的每一个角落。就在他刚要踏进屋子的那一刹那，有个身材瘦削、面色阴沉的姑娘，留着一头白色短发，戴着紫色的隐形眼镜，从他身边倏地直窜到楼下去了。她穿了一身黑，但脸上的妆煞白，再配上那副浑

1 此处指希特勒 1929 年在纽伦堡举行的纳粹党代表大会上发表的演讲。这次大会标志着希特勒在国家、政党和军队绝对权力的确立。

身不高兴，却看着挺相称的神情，一副蛇蝎美人的范儿。她纤细的上臂那儿居然还绕着一条黑色丝质的止血带呢。寻到宝了！帕特里克盯着她看。她没打算走人，就是换个房间罢了。他决定等等再去勾搭她。

“讲话头乐队”的歌声从每一只话筒中迸发而出。“中心正在消失。”大卫·拜恩[1]喘着粗气唱出这句话来，帕特里克忍不住要对此表示赞同。他心里怎么想的，别人怎么都知道得一清二楚？想想就不寒而栗。

此刻所有的荧屏上闪现出的，是一头猎豹穿梭在非洲的灌木丛中，追踪一头羚羊的画面。帕特里克身子紧靠在墙上，仿佛在这个旋转着的房间里，被离心力甩了出去。当他的身体终于突破毒品围成的重重守卫时，这真实的状态让他仿佛感受到一阵弱不禁风，又筋疲力竭的波浪。随着这次旅程渐近尾声，最后一发可卡因的效力即将丧失殆尽。他动用“黑美人”的时间，可能要比原计划提前一些了。

在漫天飞扬的尘埃中，羚羊被猎豹扑倒在地。它的四条腿抽搐着挣扎了一阵，直到猎豹的牙齿咬进了它的脖子里。一开

1 大卫·拜恩（David Byrne，1952— ），出生在苏格兰的美国当代著名音乐家，美国新浪潮音乐中最有影响力的乐队之一“讲话头乐队”的核心成员。凭借为意大利著名导演贝纳尔多·贝托鲁奇的电影《末代皇帝》所创作音乐，荣获1988年奥斯卡奖最佳影片音乐奖。

始，所有荧屏上的画面好像开始碎裂开，离散开；再然后，镜头被推近，杀戮的场景倍增，力道也更劲。在帕特里克的感觉里，这屋子仍旧仿佛要把他往外扔出去，就好像一种拒绝，一种排斥，任何出于社交目所接触的同伴，最终都被转化为了一种身体可感的力量。有的时候，在给自己注射完一针海洛因之后，那份让人瞠目结舌的满足感会致使他相信，这个宇宙只是对他漠不关心而已，谈不上心怀敌意。但就在此刻，这份让人感动的信仰最终注定要遭受背叛，于他而言显得格外遥远。想着这些，他没精打采地将两只手倚着房间的墙壁，靠住。

他还是通过第三人称的视角来审视自己，这再自然不过了，就好像一本书、一部电影里的角色。但至少，目前他还是第三人称单数。在今晚，他还没想过用“他们”这个词，那些混杂的声音在前一晚还像细菌一样占据了他的身体。当不在场在场时，当在场不在场时，半斤八两，莫辨你我。人生就是不停地模仿糟糕的文学批评。角/刀/牛/木/构[1]。他已经筋疲力竭，而且头晕脑热。还是惯常的套路。还是惯常的滑稽套路。

帕特里克就像是掉进了游乐场的旋转桶里面，费了老劲才把身子从墙上剥离开来。在电视机闪烁的蓝色光线之下，有一

1 原文中作者将 Disintegration 一词用斜杠分割为 Dis/inte/gration，故译文中也将“解构”一词的各偏旁部首拆解开来，译作“角/刀/牛/木/勾”。

群很酷的顾客躺卧在长凳子上，看上去就不咋舒服；长凳上头垫着灰色的软垫，所有长凳连起来恰巧把屋子绕了一圈。帕特里克在一位司机的护送下径直走向吧台去，这家伙还在拼命向追着他的警察证明，自己没醉。

“医生说，他的肝脏长得就像落基山脉的地势图一样。”靠在吧台上的一个家伙说。这人脖子很粗，一脸滑稽。

帕特里克往后退了一步，身子侧面顿时感觉到一阵刺痛。他太容易受影响了，这太荒唐了，得让自己冷静下来。他想模仿出满不在乎的样子，其实看上去有些滑稽；他眼珠子绕着整个屋子转了一圈，那时断时续的动作，像极了一只食肉类的蜥蜴。

伸开手脚躺卧在靠吧台最近的那张垫子上的那家伙，穿着一条红黄相间的苏格兰短裙，腰带上打满了装饰钉，脚上穿一双军靴，身披一件黑色的皮夹克，耳垂上吊着一副闪电形状的耳环。瞅他那样子，像是吐诺尔[1]注射得太多了。帕特里克想起了给自己注射吐诺尔的时候，那种两眼一抹黑的断片感，胳膊上就像撒上擦洗粉那样生疼。严格说来，吐诺尔只能在紧急情况下使用。看了那人的打扮，帕特里克心想这也太过时了。

1 一种司可巴比妥钠-异戊巴比妥钠胶囊剂，常被用作镇静剂或催眠药。

再怎么论， 1976年的那个朋克之夏都已经过去六年了。那个时候，他就坐在学校的消防通道口，忍着叫人躁动难当的热浪，抽着大麻，听着《白色暴动》[1]，爬到房顶上高呼着“毁灭”。那个穿着苏格兰短裙的朋克兄身旁，躺着两个神情紧张的秘书，新泽西人，都栖身在自己椅子的边边上。她们都穿着紧身的裤子，裤带紧紧地勒进了她们柔软的肚子里。她们唇上的口红沾了一些在纯白色的烟蒂上，这份热情让他不免心有所动。在玛丽安那儿遭受冷遇之后，他的确需要一些安慰；但如果带着完成任务的心态把她俩纳入考虑范畴，那也未免太过危险。旁边有个穿着黑色礼服的商品经纪人（也可能是个艺术品商人？），微微背朝她俩；跟他说话的那位，显然是为了遮掩自己已经半秃的现实，专门留了一细撮长长的灰白头发，从脑袋背后仅剩的一个还能生发的毛囊里垂挂下来。他俩谈的内容，仿佛时刻紧跟着年轻人那种绝望的状态，包括发掘引领新潮流的孩子，洞悉反叛的潮流最近又历经了怎样的曲折变化。

在屋子的另一头倒是有一个漂亮姑娘，但打扮虽说时髦但其实挺难看的，上身穿一件黑毛衣，下身是一条朴素的二手裙子。她正跟一个穿着T恤衫和牛仔裤的男子手牵着手。他俩正

---

1 英国著名的朋克乐队“冲撞”于1977年发行的处女作单曲，收录在该乐队的首张专辑《冲撞》之中。

乖巧地盯着其中一块亮着的电视荧屏，脚边放着两个装满啤酒的玻璃杯。比他们更远一些，有三个人扎堆在一块儿，正聊得火热。其中一个男人穿着钴蓝色的西装，系着一条细细的领带；另一个穿着原红色的西装，也系着一条细细的领带。他俩一起架着一个长着鹰钩鼻的姑娘，她留着一头黑直长发，脚上是一双皮质的短马靴。即便是从房间的这一头，帕特里克都能辨认出她那串闪闪亮的链子。

绝望，彻头彻尾的绝望。唯一一个勉强算得漂亮的姑娘，此时坐得离另一个男人更近一些。他们甚至连吵架都懒得吵。真是叫人恶心坏了。

他又把各个口袋里的东西检查了一遍，虔诚地在自己胸口画着十字。海洛因，“快快”，现金，还有安眠酮，都在。一个人不可能比这更偏执了吧——或者，也是有可能的哦？可卡因被他落在酒店里了，还有信用卡也在那儿。他点了一杯加冰块的波旁酒，又掏出“黑美人”，就着第一口酒把药吞进肚子里。这比原先设定的时间早了两小时，但他并不介意。规则制定出来就是为了被打破的。这句话的意思是，如果你认定这是一条规则，有的时候的确是应该遵守。思绪就这样喷涌而出，在脑子里循环往复。累死个人了。

此时酒吧的所有荧屏上闪现的画面，主角是喝得醉醺醺的大卫·鲍伊，瘫坐在一大堆排列得密密麻麻的电视荧屏之前。再然后出现在上面的，是奥尔森·威尔斯[1]的那幅著名画面——饰演查尔斯·福斯特·凯恩的他，正步行走过他那座佛罗里达城堡布满镜子的大厅。无数画面成几何级数地复制、衍生。

“我猜，你大概觉得这样做很聪明吧。”帕特里克叹了口气，那语气像极了一个失望的小学校长。

“你说什么？”

帕特里克转过身来，面前坐着的这位，留着一头银白色的长发。

“我刚是在自言自语。”帕特里克嘟囔道，“我是觉得荧屏上的画面空洞无趣，而且已经失控了。”

“或许这些画面本就是打算来展现空洞感的呢。”这男人语气庄重，“我觉得这表现的是，孩子们在当下基本都会接触到的事物。

“空虚感这东西，又怎么能接触得到呢？”帕特里克问。

“自我介绍一下，我叫阿兰。给我来两瓶贝克啤酒，”他

1 奥尔森·威尔斯（Orson Welles，1915—1985），20世纪影坛最伟大的演员、导演、编剧、制片人之一，代表作有《公民凯恩》、《第三人》、《历劫佳人》等。本段中的场景源自他自导自演的电影《公民凯恩》，他也凭借该片揽下第14届奥斯卡金像奖最佳男演员、最佳导演两项大奖。

冲酒保说，然后问帕特里克，“你怎么说？”

“波旁酒。”

“我是问你叫啥名字。”

“哦，呃，我叫帕特里克。”

“你好啊。”阿兰说着把手伸了过来。帕特里克不情不愿地跟他握了下手。“公路上汽车前灯闪着的是啥玩意儿？”阿兰的问题像是在给帕特里克猜灯谜。

帕特里克耸了耸肩，表示不知道。

“就是公路上闪着的汽车前灯啊。”阿兰答得镇静自若，几乎叫人心生敬佩。

“听到这答案真欣慰啊。”帕特里克说。

“人生中的任何事物，都只是其自身的一个符号而已。”

“这也正是我怕的一点。”帕特里克说，“不过还好，因为文字这东西太狡猾了，没法用来交流这样的主题。”

“人一定要交流这些啊。”阿兰倒是很肯定，“就好像你自己快完蛋的时候，你不会考虑跟你在一起的人吗？”

“我想你说的是对的。”帕特里克的回答有些怀疑，“如果你能把他们放在不同的环境中考虑的话。”

“如果这几块屏幕上，展示的是图像生成的其他方式，或是别的屏幕、镜子、相机，你可以管它叫做空虚的自我反映，可以叫做诚实坦白。它只宣告一件事，即它仅能为自己进行宣告。”

“但是蝙蝠侠怎么解释呢？”帕特里克反驳道，“这总和电视这种媒介的本质无关吧？”

“在某种程度上说，也是有关的。”

“蝙蝠洞下面，还有一处所在？”

“说得没错。”阿兰对他的答案鼓励了一番，“蝙蝠洞下面，还有一处所在。很多孩子都有感受到这个问题：这是一种文化的空虚。”

“我相信你刚说的这些。”

“我恰巧认为，有一些关于‘存在’的新闻值得说出来与您分享。”阿兰抄起一瓶贝克啤酒，接着说，“比起金钱，惠特曼的爱情更加弥足珍贵。”他满脸堆笑着说。

去你妈的蛋吧，帕特里克心想。

“你要跟我们一起喝点吗？”

“哦不了，其实我正准备要走了。”帕特里克说，“时差还没倒过来，怪难受的。”

“好吧。”阿兰镇静自若地回道。

“那今天就这样了。”

“再见了。”

帕特里克将杯子里的波旁酒一饮而尽，这么做才让阿兰相信他当真是要走了。喝罢，他朝楼下的房间走去。

他的状态真的够糟糕的。别说连个站街女都带不走了，还得想办法从面前这个脑子有病的男同身边脱身。“比起金钱，惠特曼的爱情更加弥足珍贵。”他就是用这样的话来搭讪的吗？在走去楼下的楼梯上，帕特里克突然放声大笑起来。至少在楼底下，他还有可能重新逮到那个戴紫色隐形眼镜的朋克姑娘。他一定要得到她。在离开这个国家之前的最后几个小时里，他一定得找到个真命天女跟他在酒店床上共度良宵，而她就是那个人。

楼底下的气氛，和上头那家铺地毯的酒吧截然不同。在舞台上，穿着黑色T恤衫和破洞牛仔裤的音乐家们用浓重的演奏营造出一堵声音之墙，而主唱的嗓子努力够上音阶，却终未得偿所愿。这个房间是由仓库改造而来的，幽深而空旷，没有炫目的灯彩作为装饰，而这种原生态之中也未见得蕴含了什么英雄主义的意味。在这篇喧嚣的黑暗中，帕特里克依稀辨认出蓝色和粉色的刺猬头，如斑马、猎豹和老虎一般的奔跑，以及黑色紧身裤和尖头皮鞋，还有靠着墙头吸白粉的外国佬和流浪汉，紧闭双眼、微微点头的孤独舞者，机器人一般的伴侣，还有靠着舞台最近处那几小撮跳跃、碰撞的肉体。

帕特里克踮起脚尖，四处寻找那个戴紫色隐形眼镜的蛇蝎美人。但是哪儿都寻不见她，但是他的注意力不多时就转移了，这回吸引他的是一位金发美女的背影。那姑娘穿着一身自家缝制的雪纺绸连衣裙，外头套了件黑色皮夹克。帕特里克装作若无其事地从她身边蹓跶过去，其实余光偷偷扫了好几下。“你他妈是在跟我开玩笑吧。”他有些暴怒地喃喃道。帕特里克觉得恼怒，觉得自己遭到了背叛，她那张脸于他而言，仿佛一个被撕碎的诺言。

他怎么可以这样背信弃义呢？他一心想追的是那个戴紫色隐形眼镜的蛇蝎美人。帕特里克有次和黛比吵嘴的时候，被她吼过一句：“你知道什么是爱吗，帕特里克？你有哪怕一点点概念什么是爱吗？”然后他就一脸困倦地答道：“这问题我能猜几次？”

帕特里克循原路折回，然后一路小心地左顾右盼，迂回地穿过了整个房间，最后在靠墙处找了个地方站定。

原来她在那里！她背靠着一根柱子站着，双手交叉在身后，就好像被捆在了火刑柱上一样。她仰视着台上的那些音乐家，眼中闪耀着崇敬与好奇。帕特里克眼睛直勾勾地盯着她，心中已近疯狂，臆想着她沿着地板一路滑溜地朝他驶来，就好像被他胸口、腹部的磁场所吸引。他面色狰狞地皱起眉毛，用意念在她身体上织就了一张大网，又用一个沉重的钩子把她拉拢过来。他又假想着拿一副套索套住了她倚身站着的那根柱子，然后像牵着一个被绑缚的奴隶一样，牵着她蹒跚地走过来。到最后，他闭上眼睛，逃之夭夭，将自己的欲望投射到房间的每一个角落，然后在她的脖子、乳房上肆意热吻。

他又睁开双眼，却发现她不见踪影了。或许他刚才应该上前搭讪的。他强压着心中的愤恨四处张望，心想她到底跑哪儿去了？他内心的气力已经损耗殆尽了，就算“快快”的后劲又能给他浑身无力的状态注入一针强心剂，也无济于事。

他必须得到她。他必须得到她，或者换个谁都行。因为他太需要接触了，皮肤对皮肤、肉体对肉体的那种接触。他需要重新唤醒那份已经被忘却的，穿越和渗透的感觉，让他可以在某一刻不必再考虑自己。除非这种亲密的表象能够释放出更进一步的灵魂脱壳之感，或是更深一层的私密体验，当然这种事发生也挺平常的。先别管这些了。就算一次交媾之后，他就要被判放逐（除了常规的犹豫沮丧之外，还要算上因他人愚蠢的责备而平添的怒火），那种征服的感觉也注定是叫人快活的。到底是不是这样啊？还有哪朵名花留给他啊？漂亮女人身边总是不愁伴儿的，除非他正巧碰上她们的空窗期，譬如正遭受难以安慰的损失，又无人安慰的状态之中，或是刚与相好的见过面，搭出租去跟备胎厮混的路上。如果你跟漂亮女人打过交道你就知道，她们总是让你一刻不停地等待、怀疑，因为只有你做这两件事的时候，她们才会百分百确信你心里想的是她们。

在自己内心激发出一种苦楚的状态后，帕特里克又大步流星地朝酒吧走去了。

“杰克丹尼，加冰块。”他吩咐完吧台小哥，就往后撤身，瞧了瞧左右边的姑娘。眼前这妞有点微胖，深色头发，可以勉强算得上可爱的那一型。她也不慌不忙地回视了帕特里克一眼，看来有戏。

“你还穿大衣，不热得慌吗？”她问，“都五月份了，你知道吧。”

“热得吓死人。”帕特里克摆出副半笑不笑的表情，爽快承认，“但是脱了就跟扒我一层皮一样。”

“你这就像是防御机制吧。”姑娘说。

“没错。”帕特里克慢慢吞吞地说，心想她还没有完全领会到这件大衣的精妙之处，没有触及最关键的那个点。“你叫什么名字？”他极力摆出一副云淡风轻的表情。

“蕾切尔。”

“我叫帕特里克。我请你喝一杯好吗？”苍天啊，这话说出来，好像是在滑稽模仿那些拙劣的搭讪者。从旁观者的角度，比任何时候更有一种骑虎难下之感，因为万事万物都多了一层威胁的意味，或曰不合时宜的玩笑。或许从她的角度看，这种木头木脑的乍见之欢，更像是一种社交仪式，让人心安。

“当然可以。我就要一瓶啤酒好了，来瓶多瑟瑰[1]。”

“好嘞。”帕特里克招呼了吧台小哥一声。

“你是做什么工作的？”他接着问。可是在心里，想着自己居然在努力制造庸俗不堪的对话，还要假装对别人怀有浓厚的兴趣，他恶心得快吐了。

“我在画廊工作。”

“真的吗？”帕特里克极力摆出一副“真了不起”的口气，却发现嗓音几乎不受自己控制了。

“对呀。但我的梦想是开一间自己的画廊。”

又开始套路了哦，帕特里克心想。总有跑堂的觉得自己是个演员，演员觉得自己是个导演，开出租的觉得自己是哲学家。在他们看来到处都是有戏的信号，这一单一定能成啊，唱片公司表示对你很感兴趣啊……这座城市充斥着假模假式、却又看着积极进取的白日梦；当然了，真正的权力掌握在为数不多的、看起来真的不是很开心的人手里。

---

1 一个源自墨西哥的精酿啤酒品牌。

“只不过，找不到人资助我啊。”她叹了口气说。

“说说看你为啥想跳出来自己单干呢？”帕特里克听起来很关心这事儿，也带着几分鼓励。

“我不知你对新客观主义艺术熟不熟悉哦，但我认为这将成为艺术的主流。”蕾切尔说，“我认识不少艺术家，我想在他们一文不名之时，助推他们开启自己的艺术生涯。”

“我相信你，应该不用多久就成为主流了。”

“所以我才要快快行动呀。”

“我倒想亲眼看看新客观主义艺术长啥样。”帕特里克恳切地说。

“我可以帮你安排。”蕾切尔对他说这话的时候，神采都焕然一新了。她苦苦等待的资助就在眼前了吗？他身上这件大衣虽然形貌古怪，但看起来就挺贵的。能够得到一个怪模怪样的英国人资助，而且他还不会寸步不离地紧盯着你，这事儿想想就挺酷的。

“我自己也做一点收藏。”帕特里克撒了个谎，“对了，你要来一片安眠酮吗？”

“我对药物这东西不太感冒的。”蕾切尔边说，边揉了揉鼻子。

“我也不喜欢的。”帕特里克说，“只不过我手头碰巧有一些。是别人以前给我的，好久好久以前的事儿了。”

“我要找乐子，不用靠嗑药。”蕾切尔冷冷地说。

她上钩了，她肯定是上钩了，帕特里克心里想。“你说得太对了。”他说，“嗑药会毁了那种魔力——它让人产生非现实的幻觉。”他的心跳在加速，他或许应该牢牢攥住这次机会了。“你想跟我回酒店看看吗？我住在皮埃尔酒店。”

皮埃尔酒店啊。蕾切尔心里想，这事儿有戏了。“当然可以。”她笑着答应了。

第十四章

看了眼圣克里斯托弗大奖章旁边的大钟，已经两点半了。这样他还有五个小时。时间够用了，对于与蕾切尔这次足以回味一生的谈话而言，都够用了。帕特里克对她露出了暧昧的微笑。他能跟她聊点啥呢？说他父亲最近刚刚过世吗？说他自己嗑药上瘾吗？说他还有五个小时就要起身去机场吗？说他女朋友一点也不介意这点？当然了，他根本不想再问她任何私人的问题，也不想听听她对尼加拉瓜有何高见。

“我肚子有点饿了。”蕾切尔的语气透着不安。

“肚子饿？”

“是啊，我特别想来一口红辣椒。”

“好吧，叫客房服务吧，他们肯定能给你送上来的。”帕特里克虽然这样说，但是他心里一清二楚，皮埃尔酒店客房服务的夜宵菜单上，是没有红辣椒这道菜的；即便有，他也不会同意蕾切尔点。

“但我知道有家餐馆，那边做的红辣椒可好吃了，天下第一。”蕾切尔满怀希望地站起身来说，“我**好想好想**去那家吃啊。”

“可以啊。那家地址在哪里？”帕特里克显得耐心十足。

“第十一大街，三十八号。”

“师傅，不好意思。”帕特里克旋即对司机说，“我们改主意了，麻烦您改道开去第十一大街三十八号可以吗？”

“得嘞。”

那家餐馆开在一辆棱纹遍布、银光闪闪的大篷车里，屋外的霓虹招牌上，写着“欢迎品尝本店招牌菜肴红辣椒玉米饼”。这样的诱惑蕾切尔可没法抵挡。眼见一顶黄色的墨西哥帽旁边，一盏辣椒形状的绿色霓虹灯忽隐忽暗，闪着俏皮的光芒。

侍者端上来一个巨大的椭圆形盘子，里面装的是辣椒口味的肉末、炸豆泥、鳄梨色拉酱，还有酸奶酪。上面的浇头是亮橙色的切达干酪，配上斑斑点点的、赭石色的墨西哥薄饼。帕特里克点了一支烟，希望能散发出淡蓝色的氤氲，能盖住这一大坨辛辣重口的菜肴。他又抿了一小口杯子里的淡咖啡，坐在那红色的塑料板凳上，往角落里缩得不能再缩。蕾切尔显然是一位暴食者，神情紧张，在帕特里克来得及跟她说事儿之前，就已经把自己独自撑饱了。她这样做也可能是出于某种诱导的目的，通过对自己消化系统施以发泄性的破坏，让自己呵一口气都满是奶酪和辣椒混杂在一起的灼热异味，这样或许能让帕特里克打消对她的性幻想吧？

“嗯哼。”蕾切尔心满意足地说，“这儿的菜我太喜欢了。”

帕特里克微微地扬起眉毛，但是没有半句评论。

她又在墨西哥薄饼上堆上了厚厚的一层辣椒，又往上涂了不少鳄梨色拉酱，然后用叉子的背面把酸奶酪给拍碎压扁。最后，她用双指捏了一小撮切达干酪下来，撒在这盘菜的顶上。

但是手里的薄饼没合紧，一下子就散落开来，辣椒涂得她满下巴都是。蕾切尔傻笑一声，然后又用食指把那一坨东西重新托起，强行塞进了自己嘴里。

“真是人间美味[1]啊。”她评论道。

“我怎么看着这么恶心呢。”帕特里克阴着脸回应说。

“那你也尝一点呗。”

她又起身弯腰俯瞰眼前的盘子，发现有几个绝妙的角度，可以让她抓起盘里已经塌成一团的玉米饼。帕特里克揉了揉受

1 原文为西班牙语。

伤的眼睛，那边又开始痒得叫人发狂了。他定睛朝窗户外面望去，视线却又被拽回了窗户阴影的区域里。那郁金香红色的酒吧高脚凳由一根铬合金杆子支撑着，通往厨房的舱门、弓着背喝咖啡的老年人，当然了，还有像头饲料槽边的母猪一样的蕾切尔。这场景让他想起了他也不记得名字的某位画家的名画。他的记忆力仿佛被焚烧殆尽。把一切都忘记的那种恐惧油然而生。已经进入老年人的生活状态了。

“你吃完了吗？”帕特里克问。

“他们这边的香蕉圣代也不错。”蕾切尔提了个有些莽撞的建议，嘴里还嚼着那最后一口辣椒。

“好吧，那别拘束啦，点吧。”帕特里克说，“一个够吗？”

“你不来一个尝尝吗？”

“不要，我不吃。”帕特里克傲娇地回应道。

没等多久，一个长条的玻璃碟子就上桌了，里面是一根从中间剖开的香蕉，中间点缀着几勺巧克力、香草，还有草莓口味的冰激凌。上头浇了一层如波浪起伏状的生奶油，还伴有些许粉色的珠子和绿色的糖果作为点缀。盘子正中铺着一串红樱桃，用来做黑樱桃酒的那种，看起来像一排小丑的纽扣。

帕特里克看着蕾切尔从眼前这一大堆五光十色的冰激凌里面，生生地掘出几口香蕉来，他自己的腿也开始抽搐起来，腾上腾下，不听使唤。

“奶制品我已经戒了。”她说，“但是有时候我会纵容自己胡吃海喝一通。”

“我瞧得出来。”帕特里克的应和有点生硬。

他正强忍着对眼前这个姑娘的厌恶与轻蔑。这人已经完全失控了。毒品再糟糕，但至少还能用广告的话术粉饰一番：行走在人生的边上、在刚果内陆探险、黑暗的中心、瞪你一眼就能把你杀死、带着满身的伤疤和探索未知的勋章踏上归途、柯尔律治、波德莱尔、利里[1]……虽然任何正经嗑过药的人，一眼便知这些广告词假得不能再假了，但是暴饮暴食这件事，甭管你怎么装，都不可能从中提炼出哪怕一星半点英雄主义的色彩来。更何况，蕾切尔这种近乎偏执的贪婪和荒唐可笑的虚伪，让他感觉如此熟悉，却又如此不安。

“现在可以走了吗？”帕特里克厉声问道。

“可以，走吧。”蕾切尔的回答有些畏畏缩缩。

他叫了买单，但还没等侍者把账单拿上来，就甩了一张二十美元的钞票在桌上，然后蜿蜒走出了包厢。又他妈要打出租车了，他心里想。

---

1 蒂莫西·利里（Timothy Francis Leary，1920—1996），美国著名心理学家、作家，因其晚年对迷幻药 LSD 表达公开支持而闻名。利里认为此类药物有促进心理发育和成长的作用。

“我有点恶心——想吐。”他们俩搭酒店电梯上楼的时候，蕾切尔开始抱怨了。

“一点也不奇怪。”帕特里克一脸严肃，“我刚才光是看你吃，都觉得恶心了。”

“嘿，你干吗这么咄咄——毙（逼）人啊。”

“对不起啊，我就是累坏了。”帕特里克道歉了，毕竟现在失去她对他没啥好处。

“该我说对不起。”蕾切尔说。

帕特里克开锁进门，把灯打开来。

“对不起啊，房间很乱。”

“你看过我的房间就不会这么说了。”

“有机会我想看看的。”帕特里克说，“还有那些新客观主义的作品。”

“一定要看。”蕾切尔说，“我可以用一下洗手间吗？”

“当然可以。”

听着卫生间的移门锁上的声音，帕特里克心想，抓紧时间，赶紧准备配药儿来一发吧。说着，他就一气儿解决了行李箱里的可卡因，左侧内口袋里的海洛因，还从底层抽屉的背面取出一只勺儿，又把一瓶喝了一半的依云水找了出来，他原先是藏在窗帘后面的。像这样的机会后面可能不多了啊。所以啊，他最好把海洛因和可卡因混得浓一点，这样他就可以能少打几针了。他把剩下的海洛因和可卡因混合到一起，再把混合好的溶液一股脑儿吸进针筒里。

准备工作都做好了，但是从现在到蕾切尔用完卫生间出来，留给他多少时间？帕特里克绷紧了听觉神经，就像一个人走在嘎吱作响的楼梯上时，听见自己脚步声的感觉，他聚精会神地听着从卫生间传来的任何声响。传来一阵含糊的呕吐声，然后是轻声却很刺耳的咳嗽，这下他尽可放心了，还有时间再来一发。

知道没有风险了，帕特里克把针头扎进了手背上一根比较粗的静脉里。可卡因的气味瞬时向他袭来，他能感到自己的神经紧绷了起来，像钢琴弹响时的琴弦一样。然后海洛因的劲头也上来了，不过是像毛毡被细雨拍打着一般，先是在他的脊柱打起节奏来，然后又让头颅里隆隆作响。

他心满意足地呻吟了两声，又挠了挠鼻子。这感觉真是让人心情舒畅啊，太他妈心情舒畅了。他怎么可能戒掉这玩意儿呢？这是爱的感觉啊。这是回家的感觉啊。这是伊萨卡岛的感觉啊，让他所有风雨飘摇中的旅程终于走到了终点。他把注射器丢进了最上层的抽屉里，又踉踉跄跄地穿过房间，四仰八叉地瘫倒在床上。

终于重归宁静了。他双眼的眼皮在打架了，上下睫毛几乎要粘连在一起了，就好像一对快要合上的翅膀，慢条斯理、不情不愿地扑腾着。他的身体被毛毡锤子一次次敲打着；脉搏如同鼓面上的沙子跳跃着；他又长出一口气，爱和毒药一起作用，将他的呼吸全部清空，然后渐渐融入一种他一点也记不住，但一刻也忘不了的私密状态。他的思绪泛着微光，像踟蹰不前的河流最终汇入水池之中，而水池中净是不连续、但是鲜活的画面。

他脑中勾画一个画面。他用双脚蹚过伦敦一个广场上潮湿的水塘，脚上的靴子把雨水打湿的树叶踩实在人行路面上，黑压压的一片。在广场上，一堆熊熊燃烧的枯叶升腾起的热气，将空气染成了糖浆色；黄色的浓烟如巨浪般翻腾，透过烟层折射的阳光变得歪歪斜斜，那图案像一只坏了的车轮，车轮的辐条散落在悬铃木枯败的树冠之上。枯枝败叶散落在下面的草坪上。透过栏杆的缝隙，他目睹了这一场气氛哀伤、气味酸腐的仪式，浓烟映衬着他眼中的怒火。

帕特里克眨了眨眼，回到了现实的当下，又揉了揉眼睛。他的目光聚焦在书桌上方悬挂的那张诺曼底海滩的油画。画里面那个穿着长连衣裙的女人，还有那个戴着草帽的男人，他们为什么不一路走进海里去啊？他们被扣留在海滩上，就纯粹是为了享受栖身阳伞下的快乐吗？或是在这无关紧要的水域中把自己的肉体剥个精光之前，他们有段刑期必须先履行完？

一切都是垂死的状态，每一块被举起的石头，都裸露出自己的另一面，爬满啥也看不见的白蛆。他必须得离开这阴湿、腐烂的土地，离开这吞噬一切的海洋，朝着群山进发。“赞美你，雄伟的群山！”他压低声音呼喊道，“高耸入云！遗世独立！万籁俱寂！是纵身一跃的绝佳去处啊！”

帕特里克发出微弱的咯咯笑声。可卡因的劲头开始上来了。他真的开始感觉到自己满脸惨白了。时间可能只够他好好吸上一、两口可卡因，然后他就免不了要以一种越来越快的步伐，沉浸在失望带来的极度痛苦中。“快快”的药效可能暂时被海洛因冲淡了，但即便如此，他醒来好久之后，药物的作用也已经被大幅削减了。此刻，他的身体已经变成一处战场，遍布着各路麻醉剂相互屠杀的痕迹。这种情形下，最理智的做法就是吞下一片蕾切尔刚才一脸正气拒绝的安眠酮，然后在飞机上陷入酣睡。当然了，该不该睡觉这件事肯定是有争议的；有种可能是，他一觉醒来会发现药物的作用更加强烈了。

和平常一样，他感觉肝疼得厉害，就好像有人拿英式橄榄球朝他的下肋骨狠狠踢了一脚。他对于毒品的渴望，就好像斯巴达人穿的束腰外衣下面藏着的狐狸一样，朝他肚子里的肠子猛咬一口。他哪怕只要一刻停下双眼的眨巴，这双重的幻想就会让他苦不堪言，疼痛愈演愈烈。这两组不同物体构成的形象，也朝不同方向飘去，相隔越来越远。

这种剧痛感，或者说只是一般的感觉，让他感觉自己的身体是由回形针、安全别针强行固定起来的，哪怕最轻微的拉伸，也能将身体撕扯得支离破碎。想到这点，懊悔和恐惧就占据了他的全部。每次总是在这个时刻，嗨过之后的第三天清晨，他恶心到极致于是下定决心不再碰毒品。但他心里也明白，当第一丝清醒的感觉，第一丝全身而退的感觉浮现时，他会因为寻觅不到那玩意儿，而心生更甚的恐惧感。

帕特里克看到面色惨白的蕾切尔站在床脚边，不由得吓了一跳。她刚在卫生间里吐翻天的时候，其实已经迅速淡出了帕特里克的记忆，因为她丧失了独特的个性，变成了稀松平常的路人。她就是一个随时可能打断他嗑药、妨碍他逍遥式冥想的人。

“我觉得我肿了。”她用手抱着肚子，声声抱怨。

“你干吗不躺下来呢？”帕特里克用嘶哑的嗓音说。

蕾切尔一下瘫倒在床上，然后慢慢爬到床头。一头埋进枕头里，伴随着一声痛苦的呻吟。

“过来吧。”帕特里克希望自己是用轻柔的语调对她说这么一句。

蕾切尔轻轻地转过身来，侧身躺着。帕特里克朝着她倚靠过去，心想着她应该刷过牙了吧，然后又想他自己上次刷牙是什么时候？然后他吻了她。但是角度太过尴尬，两人的鼻子撞到了一块儿。然后又因为着急要克服这种尴尬状况，两人的牙齿也碰到了一块儿。

“苍天啊，这就跟十二岁的感觉一样。”帕特里克说。

“对不起哦。”蕾切尔说。

他坐起身来，一手托着自己脑袋，一手抚摸着滑过蕾切尔那件针织的白色连衣裙。她看起来已经筋疲力竭，却也难掩紧张。她小腹下侧微微突出，刚才她站着的时候没瞧出来。帕特里克用手指沿那隆起处的轮廓画了个圈，又用手指的背面轻柔地滑过她的臀部和大腿。

“真是对不起。”蕾切尔又重复了这句，“我真的受不了这样。我太紧张了。或许我们可以先处上一段日子吧，先彼此熟悉一下。”

帕特里克把手收了回来，落回了床上。

“当然可以。”他直截了当地回答，余光扫了一下床头的闹钟。四点五十分了。留给他们“彼此熟悉一下”的时间，只剩下两小时四十分钟了。

“早些年我年轻的时候，是个男的我都能带上床。”蕾切尔有点哀怨，“但是事后只剩下一片空虚。”

“就算吞下一整盘辣椒，外加一个香蕉圣代，还是会空虚？”帕特里克问道。如果这回他没法操到她了，那折磨折磨她也挺不错的。

“你可真是咄咄——毙（逼）人啊。”蕾切尔说，“你意识到这一点了吗？你是不是对女性有什么误解？”

“男人、女人和狗：在我看来没有区别。”帕特里克说，“他们都只会把我惹毛。”

他翻了个身下了床，然后走向书桌前。他干吗要带这块让人看了就生厌的猪油来自己的房间啊？这事儿太不能忍了，这一切都太不能忍了。

“听好了，我不是来这儿跟你吵架的。”蕾切尔说，“我知道你很失望，我只是需要你帮着我放松下来。”

“帮人放松，这不是我的专长。”帕特里克边说，边把可卡因和勺子放回自己的裤兜里，然后把手伸到抽屉的最里面，想要再找一个注射器出来。

蕾切尔也从床上爬起，走到了帕特里克身边。

“我们都太累了。”她说，“我们回床上去吧，再睡会儿。也许早上一觉醒来的时候，一切都大不同了。”她又羞答答地说。

“会吗？”帕特里克问。这时她的一只手已经悄悄插进了他的后腰。他可不想被她触碰，他不想被任何人触碰。他身子一挪闪开了，等着机会合适的时候把她撇开。

“那盒子里是什么？”蕾切尔问。她准备再努力一把营造些欢快的气氛，说着摸了摸电视机上放着的骨灰盒。

“我爸的骨灰。”

“你爸的骨灰？”她倒吸一口凉气，把手缩了回来，“刚才那感觉真是太奇怪了。”

“我倒觉得没什么。”帕特里克说，“这东西最多就算一件手提行李罢了。你觉得呢？”

“我猜可能是吧。”蕾切尔虽然这样答，但这次争吵的台词已经让她摸不着头脑了，“老天啊，我的意思是，我真的觉得很奇怪。你父亲就在这屋子里看着咱们俩。可能我之前就觉察到了吧。”

“谁知道呢？不管怎么样吧，我现在去用洗手间，这段时间让他陪着你好了。我可能得有一会儿哦。”

“真重口啊。”蕾切尔瞪圆了眼睛说。

“你不用那么防备的。他是个挺有魅力的人，认识他的人都这么说。”

帕特里克把蕾切尔留在了卧室里，径自走进洗手间把门锁了起来。她坐在床边，惶惑不安地盯着骨灰盒，好像在盼着它挪一下地儿。抓住这个黄金机会，她又做了一组呼吸练习，这是她在瑜伽课上学会的，还依稀有点印象。但是没过几分钟，她就觉得无聊了，心想还是离开这里吧。但麻烦的是她住在布鲁克林区那里，搭出租车要十块、十二块的样子，再说打车回家没几小时，她就要乘地铁去画廊上班了。如果她继续留在这儿，也许能睡会儿觉，可能还有早餐吃。她一头依偎在早餐菜单旁边，但是最初的兴奋感退去后，她又看到菜单上琳琅满目的好吃的，竟然心生愧疚感。最后，还是困倦把她给击倒了。

帕特里克躺进了浴缸里，一条腿跷起来搁在浴缸边上，胳膊上血汇成涓涓细流。他把剩下的一点可卡因一吸而尽，这一口的猛劲儿跟爆炸一样，他从浴缸边缘滑了下去。现在，他凝视着那根铬合金的浴帘杆和光滑雪白的天花板，透过紧咬着的两排牙，微弱地喘了几口粗气，就好像一条房梁塌落在他的胸口一样。汗水打湿了他衬衫，留下暗色的星星点点，他的鼻孔里还残留着海洛因的粉末。刚才他是把那一包海洛因直接按在自己鼻子上了，现在那包装袋皱巴巴的，一点不剩，就躺在他的脖颈上。

他把左手伸到浴缸外垂下，把注射器的针头丢在地上。他不能再给自己扎针了——尤其是现在这时候，连装备都没了。

刚才这波操作对他身体造成的伤害，一股脑儿汇聚到自己的身上。那场景就像中世纪的油画里，一大群堕落天使拿着烧得通红的铁叉子，把他朝着地狱的方向驱赶。他们面露讥笑，不怀好意，让他瞬间感觉被丑陋和绝望包围。他内心生出一种不可抗拒的冲动，不如做一个永远的了结吧？不如发一个虔诚的誓言，虽然现在听着不太可能，但是他真的不打算再碰毒品了。如果这次他能挺过来，如果能让他挺过来，那他坚决不往自己静脉里打那玩意儿了。

在这种沉重的精神困境之中，他的热情击败了那些不诚实的知识，占据了上风。即便他像听见远处的枪声一样，早已觉察到某种焦躁不安的情绪，而这种不安源于某物的缺失。他手头没有工具了。一个注射器被他弄坏了，另一个被血水堵住了。这样的结果也好，但是毫无疑问很悲伤。用不了多久，他的神经元突触就会像吃不饱肚子的孩童一样叫唤个不停，他身体里的每一个细胞，也都会可怜兮兮地拽住他的袖子。

帕特里克小心翼翼地把一条腿往下伸了伸，然后撑起身来坐直了。又一次，他差点就挂了。他总是要吓自己的身体系统一跳。最好还是吞了那片安眠酮吧。他又忍着恶心把身子撑起来，差点就晕倒了，然后像个老年人一样沉重地倚着墙站定，然后小心翼翼地跨出浴缸。他的外套还躺在地板上呢（他还曾想过让裁缝给衣服袖子上打上袋盖呢），于是又缓缓地俯下身子捡起来，然后又慢条斯理地掏出那片安眠酮，放进嘴里，就着一小口口水就吞进了肚子里。

又是一阵眩晕感。帕特里克在马桶上坐定，然后拿起了电话筒，拨号： 555－1726。

“我现在无法接听您的电话，请您留……”他妈的，他不在啊。

“皮埃尔，我是帕特里克啊。我打电话过来是跟你告别的。”他开始撒谎了，“我一回到纽约，你立马就能联系到我。先拜拜咯。”

接着，他又打电话给身在伦敦的约翰尼·霍尔，确定等他抵达的时候，至少还有个人在等他吧。电话响了好几声。也许约翰尼会在机场候着他吧。电话又响了好几声。苍天啊，他也不在家里。真是叫人不能忍。

帕特里克想把电话筒放归原位，但是接连放了好几次，都没摆对位置。他就像个孩子那样纤弱。发现针筒还在地上躺着呢，他又忍着困倦地捡了起来，拿厕纸把它包上，然后丢进了洗脸盆下面的废纸篓里。

回到卧室里，帕特里克发现蕾切尔已经蜷缩着躺在床上了，一声长一声短地打着呼噜。要是他能坠入爱河就好了，他心想。但是恐怕没结果。就好像是拱桥之下被吹皱的水波泛起的阵阵涟漪，一声含糊低沉的回应，一次亲吻。站在火炉前，他靴子上的积雪缓缓滑下来，血液又重新回流到脚趾间了。要是他能坠入爱河就好了。

但眼前的现实是，面前这个肚皮白白、呼吸沉重的姑娘，在帕特里克眼里活像一头搁浅在海滩上的鲸鱼。

打包不是什么难事，只要把所有的行李都卷成球，然后一股脑儿塞进行李箱就行了。最后一屁股坐上去，拉上拉链。不过他又不得不把拉链重新拉开，塞了本维克托的书进去。“我觉得我自己是颗鸡蛋，那我就是颗鸡蛋。”他学着皮埃尔的法国口音尖声说道。他穿上了仅剩的一件干净衬衫，然后走回卫生间，准备打电话给前台。

“有人吗？”他拖长调子说。

“您好，先生。我能为您做些什么？”

“请帮我预约一辆豪华轿车，七点半出发。要大一点，黑色窗户的那种。”他带着孩子气加了一句。

“我会为您安排好的，先生。”

“然后把我的账单准备好，可以吗？”

“好的，先生。要不要派个行李生来帮您把行李扛下来？”

“让他再过一刻钟上来好了，谢谢你。”一切都在掌控之中。他穿着完毕，戴上了眼罩，安坐在扶手椅上，等着行李生上来帮他扛行李袋。他要不要给蕾切尔留个条子呢？写上类似“我相信我永远不会忘记我们共度的这个良宵”，或者“我们最近再挑个日子试试看吧”之类的话。但有时候一言不发，胜过万语千言。

这时传来了两记轻轻的敲门声。那个行李生大概六十岁年纪，身材短小、头顶光秃，穿着酒店员工那种最平常的灰色制服。

“我就一个包裹。”

“耗（好）的，先生。”他用浓重的爱尔兰口音应道。

他俩一道步行穿过走廊，帕特里克微微地弯着腰走，这样能缓解一下肝疼。再加上背部也隐隐作痛，让他走起道儿来一肩膀高一肩膀低。

“人生可不是一袋子包得严严实实的屎啊。”帕特里克想挑起些话题来，“装屎的袋子是漏的，屎总是免不了沾在你身上。你有这种感觉吗？”

“我相信蔗（这）种感觉很多人都有吧。”行李生的回答语调抑扬顿挫，却也亲切柔和。他走到半路停了下来，把帕特里克的行李袋放在地上。

“人生也有鲜血流淌的河流，讷（那）些坏人通通丢进去溺死。”他像念诗一样吟诵着，“身居高处的讷（那）些也不该被宽恕。”

“这是你自己所做的预言么？”帕特里克温文尔雅地问。

“都是《圣经》讷（那）里头的故事。”行李生答道，“讷（那）些桥也都会被冲毁。”他一边继续着自己的预言，一边指着头顶的天花板，然后用劲拍打一只根本看不见的苍蝇。“人们就会说，讷（那）一刻世界末日终将降临到他们身上了。”

“他们说的也的确有道理。”帕特里克说，“但是现在我必须得走了。”

“耗（好）的，先生。”行李生应道，但那激动的劲儿还未散去，“我在前台那里等您好了。”他踏着碎步走向行李专用电梯。帕特里克一边走进另一部电梯，一边思忖着，虽然有人会努力去体验所谓的边缘生活，但跟那些电视上说啥、自己就信啥的人争个高下，实在没有任何意义。

账单上显示他一共消费两千一百五十三美元，比他预想的要贵一些。帕特里克心中有些暗喜。资本的腐蚀也算是一种将自己的物质荒废掉的办法，可以让他变得如自己感觉的那样瘦削、那样浅薄，可以帮助他卸下这不应得的好命所带来的负担，可以在他想自我了断而踌躇不前时，先尝试一次象征性的自杀。他心里也孕育过一场和现实截然相反的白日梦，当他穷得一文不值的时候，他或许凭着赚钱为目的，开发出一些光芒万丈的事业来。除了酒店的账单之外，出租车、毒品、下馆子这些事儿肯定也花了他两千到两千五百美元了，再加上六千美元的机票钱。所有加起来，他这一趟的总消费已经超过一万美元了，而葬礼的账单还没寄过来呢。

他感觉自己就像一场游戏节目的冠军。要是只花了八千五百、九千美元啥的，那会叫他气不打一处来的。两天就花了一万美元啊。这下谁还说他不懂如何找乐子?

帕特里克把他的美国运通黑卡丢在了柜台上，账单不用细看了。

"哦，还有件事。"他打着哈欠说，"我签单就行了，但是总消费那一栏先别填上行不行? 我有个朋友还在房间里呢。她可能需要点早餐。说实话，她肯定会点早餐的，我确定。让她想吃啥就点啥好了。"他随后加上的那几句听着很慷慨。

"好——吧。"前台招待有些拿捏不定，心想着要不要跟帕特里克计较一下按双人入住收费的问题。"她中午之前会离开房间的，对吧? "

“我想是的吧。她还要上班呢，所以你懂的。”帕特里克那口气，好像这样的情况是极不常见的一样。说罢，他在信用卡账单上签了字。

“总消费填上之后，我们会寄一份账单副本到您的住宅地址。”

“哦，其实不用麻烦了。”帕特里克边说，边又打了个哈欠。他突然瞧见行李生正站在不远处，还扛着他的行李袋呢。“你好啊，”他笑着招呼道，“鲜血汇成的河流，哈？”

行李生用顺从的眼神看着他，好像并没听明白这句话。也许刚才走廊里的情节是他臆想出来的？也许现在打个盹是个不错的主意。

“我希望您在我们酒店度过了美好的时光。”前台招待说着，递给帕特里克一个信封，里面装着账单的副本。

“度过美好时光还不足以形容。”帕特里克又露出那招牌的迷人微笑，“我超爱这里。”他皱了皱眉，示意前台招待把信封收回去。“哦天哪！”他又突然大喝一声，“我落了东西在房间里了。”他转身对行李生说：“在电视机上头有一个木制的盒子，你能不能上去帮我取下来，能不能啊？还有一只牛皮纸袋子也取下来，我有用处。”

他怎么能把那个盒子给忘了呢？如果真忘了，也没必要打给维也纳找人翻译了。他父亲生前，指定要把自己的骨灰撒在康沃尔郡一个荒凉阴冷的河口，要是骨灰没带回去他们怎么办？他可能得偷偷给当地的火葬场塞笔钱，好让他们把别人多出来的骨灰分他一些。

十分钟后，行李生又回到他面前来。帕特里克掐灭了手里的香烟，从他手里接过了那个牛皮纸袋子。他们俩又一道朝旋转门走了过去。

“那位年轻姑娘问我你去哪儿了。”行李生说。

“你怎么回答的？”

“我说，我想他可能要去讷（那）机场了。”

“她又说了啥？”

“我不胎（太）愿意重复那句话。”行李生用恭敬的口吻说。

一切都结束了。帕特里克边想着，边穿过了面前的旋转门。一笔勾销，烧了干净，人生还要继续。在一片更加苍白、更加宽阔的苍穹之下，闪烁着星星点点的灯光。此刻他的眼球，就像是雕凿出来的古罗马雕塑一样。

他看见了街对面的一个人，那人左臂手腕以下全部截肢了，骨头最凸出的地方看着就让人觉得生疼。那张脸看起来有四天没刮胡子了，一脸苦相，戴着镜片发黄的眼镜，嘴唇卷起，头发平直，身上的雨衣溅满了污泥。那段残肢忽而随着一阵敏捷但是不由自主的痉挛，朝上面抽搐几下。他是个老烟枪，是个愤世嫉俗的家伙，跟我是一类人啊。用别人的话来说。

不过，他们俩之间还是有显著不同的。帕特里克给门童和行李生各塞了一张钞票。司机帮他开了车门，他顺势爬进了后座，手里还拿着那个牛皮纸袋子。他伸开手足躺卧在黑色皮革质地的座椅上，闭上双眼，假装自己睡着了。

图字：09－2018－1302 号

图书在版编目（CIP）数据

噩耗/（英）爱德华·圣奥宾（Edward St Aubyn）著；于睿寅译. —上海：上海译文出版社，2020. 7
书名原文：Bad News
ISBN 978－7－5327－8381－6

Ⅰ.①噩…　Ⅱ.①爱…②于…　Ⅲ.①长篇小说—英国—现代　Ⅳ.①I561.45

中国版本图书馆 CIP 数据核字（2020）第 103044 号

噩耗
［英］爱德华·圣奥宾　著　于睿寅　译
责任编辑/顾真　装帧设计/山川制本

上海译文出版社有限公司出版、发行
网址：www.yiwen.com.cn
200001 上海福建中路 193 号
杭州宏雅印刷有限公司印刷

开本 787×1092　1/32　印张 9.5　插页 5　字数 115，000
2020 年 8 月第 1 版　2020 年 8 月第 1 次印刷
印数：0，001—6，000 册

ISBN 978－7－5327－8381－6/I·5139
定价：60.00 元